ハーレクイン文庫

プロポーズを夢見て

ベティ・ニールズ

伊坂奈々 訳

HARLEQUIN
BUNKO

BRITANNIA ALL AT SEA

by Betty Neels

Published by Harlequin Japan, a Division of K.K. HarperCollins Japan, 2024

プロポーズを夢見て

◆主要登場人物

ブリタニア・スミス……………………………看護師。

ジョーン・スティーヴンズ……………………ブリタニアの同僚。

フェスケ夫妻……………………………………ジョーンの名付け親。

ヤーケ・ライティング・ファン・ティーン……外科医。

ミセス・ファン・ティーン……………………ヤーケの母親。

マデレイネ・デ・フェンズ……………………ヤーケのガールフレンド。

マリヌス…………………………………………ファン・ティーン家の執事。

エミー……………………………………………ファン・ティーン家の家政婦。マリヌスの妻。

1

セント・ジュード病院の外科病棟の端にある汚物処理室はひどく古かった。ヴィクトリア朝時代に作られたもので、湿気のこもった寒い処理室を、白いタイル張りの壁と陶製のシンクがさらにわびしく見せていた。壁に沿って複雑に這（は）わせた配管は、しじゅう騒々しい音をたてている。そうした時代遅れの設備が今まで見過ごしにされてきたのは、そのうち病院が移転して、最新設備を備えた施設になるという見通しが経営陣にあったからだ。もちろん、実際に処理室を使わなければならない看護師たちが見過ごしにできるわけもなく、みんな文句を言っていた。

だが、今その処理室にいる二人の若い女性はそうした欠点など気にしていなかった。小柄なほうがシンクの前でめそめそと泣いていた。その横に、スタイル抜群の長身の女性が考えこんだ表情で立っている。大きな茶色の瞳は壁に沿って走る配管にそそがれていたが、実際に見ているわけではなかった。彼女は小柄な女性が泣きやむのを辛抱強く待っていた。

「もう泣かないで、ドーラ……」彼女はやさしく言った。「回診が終わったら、私がすぐに看護師長のところへ行ってあげる。デリアがしたことなんだから、あなたが叱(しか)られるのはおかしいもの。師長も回診のことで頭がいっぱいでなければ、ちゃんと確かめたんでしょうけど。だいたい、あのお節介な教授さえ来なければ、こんなことにはならなかったのよ。あなたは少しも悪くないんだから、涙をふいて、裏階段で階下(した)に下りるといいわ。コーヒーを飲んで、顔を直していらっしゃい。あなたがどこにいるか師長にきかれたら、うまくごまかしておくから。もっとも、ドクター・ハイドと教授がここにいる間、師長はあなたがどこにいるかなんて気にかけていられないと思うけど」

彼女は洗浄機のスイッチを切った。機械の音が消え、配管を水が流れる音だけになった。かすかな物音が聞こえたので振り向くと、背後の戸口に大柄な男性が立っていて、こちらを見ていた。グレーの髪と淡いブルーの瞳の、すばらしくハンサムな男性だ。ただ、仏頂面をしているので、せっかくの整った顔立ちがだいなしだった。

「迷いましたか？」彼女は礼儀正しく尋ねた。「みなさん、間違ってこの階段を上がっていらっしゃるんですよ。あいにく今は回診中なので、それがすむまでは病棟には入れません。あと一時間はかかるでしょうね。この看護師がこれから階下にコーヒーを飲みに行きますから、一緒にいらしたらどうでしょう。正面階段のところに待合室がありますから、彼女がそこまでお連れします。回診が終わったら、すぐにお知らせしますわ。どなたかのお見舞いですか？」

男性は顔をしかめて彼女を見た。「ああ。君は……主任看護師だね？」

「そうです。では、そこを……」少しくらい笑みを浮かべてもいいじゃないの、と彼女は思った。こんなに愛想よくしてあげているのに。そこで向き直ると、ドーラがようやくはなをすすって、かすかにほほえんだ。彼女はドーラにうなずいてみせた。「それでいいわ」ナースキャップに手をやり、ずれていないかどうか確かめてから、彼女は戸口に向かった。だが、男性がどこうとしないので、やむなく足をとめた。

「君の名前は？」彼が尋ねた。

「私の名前？」彼女はちょっと驚いたが、男性にどいてもらうために名乗ることにした。

「スミス……ブリタニア・スミスです」にっこりして言うと、男性がどいた。ブリタニアはドーラに声をかけた。「それじゃ、ワッツ看護師。この方をちゃんとご案内してね」

彼が肩をすくめ、小柄な看護師のうしろについて階段を下りていくのを見送ってから、ブリタニアは病棟に戻った。

病棟も汚物処理室と同じように古かった。今週は救急患者を受け入れることになっているので、両側に並んだベッドのほかに、中央にも三つのベッドが入っている。ブリタニアは、ドクター・ハイドを待っているマック看護師長、外科研修医、外科実習生、ドクター・ハイドにつくことになって緊張している医学生たち、ソーシャルワーカー、物理療法士たちのうしろにまわった。

やがてドクター・ハイドがやってきて、ライティング・ファン・ティーン教授がそろそろ到着するはずだと言った。「準備万端整っていると思うが、どうかね、師長？」医師は念を押すように尋ねた。

マック師長がこちらをちらりと見たので、ブリタニアはかぶりを振った。検体の一部でも回収できないかと思って急いで調べていたときに、かわいそうなドーラを見つけたのだ。マック師長が険悪な表情になったが、もう慣れっこのブリタニアは平然としていた。そして、天使のように無垢な顔で立っている三年目の看護師デリア・マーシュに目を向けた。ドーラのような気の小さい看護師に罪を押しつけるなんて許せない。憤然としてにらみつけると、デリアは妙にそわそわして、形のいい唇をゆがめた。それから、驚いたように口をぽかんと開けた。

いつのまにか一人ふえていた。汚物処理室にいた男性だ。彼は病棟のドアの内側に立ち、傲慢そうな顔にかすかに皮肉っぽい笑みを浮かべてブリタニアを見つめていた。マック師長が振り向いて、有力者にだけ見せるとっておきのほほえみを浮かべた。

ドクター・ハイドとライティング・ファン・ティーン教授は最初のベッドに向かった。マック師長が急いでうしろにつき、距離をあけてついてくるようにブリタニアたちに手ぶりで合図した。ブリタニアは心の中で嘲笑った。有力者がこの病棟に来ることはめったにないから、なんとか取り入ろうとしているのだ。もっとも、そのほうがブリタニアには好都合だった。運がよければ、ドクター・ハイドや教授と口をきかずにすむのだから。看護師長の右腕として、資料を渡し、メモをとり、師長が見落としているちょっとしたことをその耳にささやきさえすればいい。

こんなに背が高くなかったら目立たないのにと思ったとき、研修医のフレッドがそっとブリタニアのそばに来て耳打ちした。「どうしたんだい？　あの教授を見たら、どんな女性でも振り返るだろうに、我らがゴージャスなブリタニアときたら、目をまるくしていたじゃないか。あれじゃ、だれだって、君が醜男(ぶおとこ)を見たと思っただろうな」

ブリタニアは声をひそめて言った。「フレッド、教授はちょっと前に汚物処理室にいたの。わざわざ階段を上がってきたのに、回診が終わるまで階下の待合室にいるようにって、私が追い返しちゃったのよ……」

フレッドはぷっと噴き出し、そのまま咳(せ)きこんだ。

ドクター・ハイドがいらだたしげに振り返った。「フレッド、来たまえ……」

例の教授はなにも言わず、もの憂げなまなざしでブリタニアを見ただけだった。ブリタニアは今の言葉を聞かれたのだろうかと思いながら、マック師長の合図に応(こた)えて急いでそばに行った。

「ワッツ看護師はどこにいるの？　まだドクター・ハイドには検体のことを話してないのよ」師長はぶるっと身を震わせた。「話すのなら、彼女の口から自分の不注意を詫(わ)びさせたいのに」

ブリタニアは言いたいことをのみこんだ。マック師長はベテランの看護師だが、いまだに、後輩の看護師がミスをしたときは内々に注意して、みんなの前ではかばうものだということを学んでいない。

「コーヒーを飲んでいるようにと言いました」ブリタニアは静かに言った。

「なんですって？　あなたはときどき出しゃばりすぎよ。どうしてそんなことを？」

「彼女のせいではありませんから」

マック師長は怒りで顔を赤くした。「いいえ、彼女のせいよ。私が叱ったとき、一言も言い返さなかったもの」

「それは、怯（おび）えていたからです」

マック師長はブリタニアをにらみつけた。「このことはあとで話しましょう」低い声で話していたドクター・ハイドと教授がこちらを見ているのに気づき、師長は愛想のいい有能な看護師に戻った。

最初のベッドの患者は鼠蹊（そけい）ヘルニアの手術を無事終え、順調に回復していた。一行は次のベッドに移った。自動車事故で肝臓が破裂した若い男性だ。ドクター・ハイドは破裂した肝臓の大半を摘出していた。患者は回復しつつあったが、そのペースが遅すぎるのだとドクター・ハイドは教授に説明し、それから師長に尋ねた。「この患者の検体は？　ライティング・ファン・ティーン教授と一緒に検討したいのだが」そして、返事を待った。

ブリタニアはドーラがまだ戻ってこないように祈った。重苦しい沈黙を破ったのは教授だった。けだるそうな口調だが、いい声だと、ブリタニアは思った。「検体は持ってこられないのだと思いますが」

ブリタニアは教授をにらみつけた。もしみんなの前でかわいそうなドーラを糾弾したりしたら、ぜったいに許さない。もっとも、私がいくら許さないと思っても、どうしようもないけれど。主任看護師ごときが教授に脅しをかけられるわけもない。だが、告げ口をさせるわけにはいかなかった。

マック師長が憤然として言った。「その責任を負うべき看護師は今ここにいません。主任看護師がコーヒーを飲みに行かせてしまったので……」

教授の冷たい目が一瞬、ブリタニアの茶色の瞳にそそがれ、それからマック師長に向けられた。「僕には、そのミスがワッツ看護師の責任ではないと証明する十分な根拠があるのですが」彼はなめらかな声で指摘した。「このことは回診が終わってから話したらどうでしょうか」そしてドクター・ハイドを見た。「口をはさんで申し訳ありません。たまたま事情を知りまして……」

ドクター・ハイドは状況がよくのみこめていないようだが、鷹揚(おうよう)に応じた。「いえ、かまいませんよ」そこでブリタニアに目を向ける。「君はだれのせいかを知っているんだね？」

「はい」

「そしてもちろん、私に話す気はないんだね？」

ブリタニアはほほえんだ。「そのとおりです」

ドクター・ハイドはうなずいた。「後輩をかばう姿勢は悪くない。新しい検体を採取できるだろうね、師長？」

マック師長はもごもごと同意した。そのチャンスをとらえて、ブリタニアは次の患者の記録を師長の手に渡した。できるだけ早く回診をいつものペースに戻したかった。目を上げると、教授がまたこちらを見ていた。ドーラをかばってくれたことに感謝して、ブリタニアはにっこりした。だが、教授のまなざしがさらに冷たくなったのを見て、急いでほほえみを消し、顔をしかめた。きっと私のことが嫌いなんだわ。

幸い、次の患者は短気な老人で、訴えたいことが山ほどあった。新顔の教授が有力者に見えたのだろう、病院や医師や看護師、医療一般についてつねづね思っていることを言いたてた。同じ話をすでに聞いていたドクター・ハイドは、いらだちを隠して、老人を怒らせないようにときおりあいづちを打った。しかし、教授は礼儀正しく老人の言葉に耳を傾け、適切な受け答えをした。老人は教授のことを道理のわかった人物だとほめ、こんな病院に勤めるのはもったいないとまで言った。それを聞いて、ドクター・ハイドが説明した。

教授は母国で十分忙しく、エディンバラに行く途中で立ち寄ったにすぎないと。

「外国人か」老人は少し不満そうに言ってから、機嫌よくつけ加えた。「だが、英語は実に流暢だ」

教授は礼を言うと、ドクター・ハイドと並んで次のベッドに行った。次の六床の患者については何事もなかった。いちばん端のベッドに寝ている少年は数日前に入院したばかりで、実はこの少年こそ、教授が関心を持ち、今日の午後に手術をするつもりの患者であることがわかった。

「包虫嚢胞です。皮内検査で確認しました」ドクター・ハイドは上掛けをめくるようにブリタニアに指示し、患者を診察しはじめた。

教授がうなずいた。「好酸球増多は認められないが、X線で嚢胞を確認したということですね」

ブリタニアは、一流の手品師が帽子から兎を取り出すように手際よくX線写真を取り出して掲げた。研修医ものぞきこんだ。

「なるほど」教授が言った。「もしも私がお手伝いしたほうがいいのなら……」

ドクター・ハイドは待ってましたとばかりに言った。「今日の午後はどうです？」それから、マック師長に確認した。「手配ができるかね、師長？　二時半に第一手術室を使えるだろうか？　手術がすんだら回復室に移すから、腕のいい看護師をつけてもらいたい」

彼の目がブリタニアにとまった。「スミス主任看護師にお願いしよう」

つまり、ブリタニアは残業しなければならないし、さらに悪いことに、マック師長も残業して、ブリタニアの代わりに主任看護師の仕事をしなければならないということだ。

「わかりました」ブリタニアはマック師長を見ないで返事をした。そうなると、研修医のデヴィッド・ロスとのデートの約束は断らなければならない。デヴィッドはきっとむっとするだろう。せっかく予約したミュージカルの席もむだになるし、そのあとの楽しい夜もだいなしになるのだから。でも、最近恋人気取りが鼻につくから、かえっていいかもしれない。

回診は続き、ドクター・ハイドと教授は何度も小声で話し、ときにはマック師長も会話に加えたり、フレッドの意見を求めたりした。最後のベッドまで来たときに、ブリタニアは雑用係に合図を送り、看護師長室のドアのガラス窓をのぞいた。中にはコーヒーの支度がしてあるはずだった。もちろん、全員が看護師長室でコーヒーをふるまわれるわけではない。そこでコーヒーを飲むのはマック師長と教授たちとフレッドだけだ。ブリタニアはマック師長のやり方に慣れていたので、実習生と医学生に厨房(ちゅうぼう)でコーヒーを飲むように指示した。自分のコーヒーはリネン室に用意してあるはずだ。ブリタニアはリネン室に行く前にデリア・マーシュを手招きした。

「コーヒーを飲みに行く前に」ブリタニアは冷ややかに言った。「ドーラを見つけて、あやまりなさい。それから、コーヒーを飲みおわったら、師長のところに行って、あれがドーラのミスではなくて、あなたのミスだと話しなさい。こんなことは二度としないように注意して。あなたはもう三年目なんだから、こんなミスをしてはいけないことぐらいわかっているでしょ」

リネン室は心地よく暖かかった。細長い窓のガラスには霜がついていたが、灰色の雲が垂れこめた十一月の朝の寒さは部屋の中には忍びこんでいなかった。ブリタニアは洗濯籠(かご)に腰を下ろしてコーヒーをついだ。コーヒーを用意してくれた厨房係のブリジットは、この病院で働く多くの人たちと同じようにブリタニアに好感を持っていたので、ミルク入りコーヒーのほかに、看護師長の缶からくすねたビスケットを二枚用意しておいてくれた。

ブリタニアはビスケットを食べながら、ぼんやりとライティング・ファン・ティーン教授のことを考えた。そのとき、いきなりドアが開いた。彼女は目を上げて、唖然(あぜん)とした。部屋に入ってきたのは教授だったのだ。その瞬間、彼と結婚したいと思い、そんな自分にショックを受けた。二十四歳の女性として恋愛の経験はそれなりにあるが、こんなふうに感じたのは初めてだ。

「ノックをすべきですわ、教授」ブリタニアはなんとか口を開いた。

冷たい目が彼女を見つめた。「どうして?」

ブリタニアはたしなめるように言った。「礼儀ですから」

教授は眉を上げた。「そんなものは持ち合わせていない。僕はもうすぐ四十歳で、独身で、金持ちで、隠遁者のような生活を送っているから、だれの機嫌もとる必要はないんだ」

「悲しいことですね」ブリタニアは心から言った。「なにかご用ですか?」

教授は目を細めた。「ああ。それに、君に質問がある。ブリタニアという名前の由来は?」

ブリタニアはぬるくなったコーヒーを飲み、マグカップの縁ごしに教授を見た。「スミスなどというありきたりの名字を埋め合わせるために、両親が一風変わった名前にしてくれたんです」教授がいきなり大声で笑いだしたので、彼女はあわてた。「静かにしてください。師長に聞かれたら、何事かと思ってやってきますから」

教授はまた眉を上げた。「僕たちが一緒にコーヒーを飲んでいるところを見つかると困るのかい?」

「教授と主任看護師がリネン室で会うことは、ふつうはありませんから」

「ずいぶん自分を買いかぶっているんだね、ミス・スミス。僕は君を誘った覚えはないが」

ブリタニアはまたコーヒーを飲んだ。「なんて皮肉な言い方かしら」そこで親切ごかしにつけ加える。「これ以上長居をなさる必要はないんじゃありません? あなたの質問にはもう答えましたし」教授があまりにも驚いた顔をしたので、彼女はさらに続けた。「だれもこんなふうにあなたに言ったりしないんでしょうね。でも、あなたにとって悪いことじゃないと思いますわ」

教授は初めてほほえんだ。「確かに僕の態度は失礼だった」がっしりした大きな手をドアにかける。「ところで、礼儀といえば、コーヒーをどうぞと言ってもらってないが」

「もう飲んでいらしたのでしょう」ブリタニアはすかさず指摘した。

「ああ。マック師長の会話で味付けされた実にまずい液体をね。まったく、君は思いやりのない人だな！」ほとんどからになったコーヒーポットを見ながら、教授が言った。

ブリタニアは心から彼に同情した。

「厨房係のいれるコーヒーは最高なんです。回診の日はいつも一人で飲むんですけど、今日のもおいしかったわ」

教授はドアを開けた。「なんて冷たい女性だ」彼は冷ややかに言って出ていった。

ブリタニアは残り少ないコーヒーをつぎ、汚物処理室から追い払ったことを教授に詫びるのを忘れていたのに気づいた。思いがけず入ってきた彼を見て胸がときめき、詫びることなど頭から吹き飛んでしまったのだ。詫びる機会はもうないかもしれないと思い、ブリタニアは顔をしかめた。「悪いほうに考えてはだめ」彼女は自分に言い聞かせた。「彼にまた会いたいと思ったら、会えるようにすればいいのよ」

そう考えると、気持ちが軽くなった。もっとも、あの教授が女性に追いかけられることを喜ぶタイプでないのはわかっている。ブリタニアはため息をついた。運命にまかせるしかないだろう。幸い、運命の女神は気まぐれで有名だ。

ブリタニアはトレイを厨房に返し、看護師長室へ向かった。ドアは半分開いていた。ドクター・ハイドもハンサムな教授もいる気配はなかった。だが、ドーラのことを師長に伝えておかなければならない。お入りなさいという師長の不機嫌な声にひるむことなく、ブリタニアはドアを大きく開けて中に入った。

運命の女神のおかげで、ブリタニアはまた教授に会うことができた。もっとも、場所が手術室だったので、もう少し違う場所で会いたかったとブリタニアは思った。午後遅くに手術は終わったが、そのころにはマック師長の機嫌はかなり悪くなっていた。残業するはめになったうえに、午後の休憩時間にも休めず、傷の処置と当直日誌を書くのに大わらわだったのだ。その間、マック師長に言わせれば、ブリタニアは手術室で怠けていられたというわけだった。もちろんブリタニアは怠けていたわけではなかったが、反論してもむだなことはわかっていた。

ブリタニアは手術後の患者を回復室に運ぶと、急いで病棟に戻り、自動車事故の患者が運びこまれるので、集中治療室にいる患者を元のベッドに戻さなければならないと伝えた。

それからドクター・ハイドと教授が元のベッドに戻った患者のところに診察に来るまでに、さまざまな処置をほどこした。教授たちはまだ手術着だった。教授は大柄なので、手術着がはち切れそうだったが、それでもその威厳は損なわれていなかった。

教授はブリタニアにかすかにうなずいてみせてから、患者を診察した。ブリタニアは自分がつけていた記録をドクター・ハイドに渡し、質問にてきぱきと答えて、二人の医師が診察している間、そばに控えていた。二人の医師はすべて順調だと彼女に言った。「このまま指示どおりの処置をほどこすように。ところで、今夜の手配はどうなっているのかね？」

「九時に専門看護師が来ます」ブリタニアは言った。その時間になったら、紅茶を飲み、靴を脱ぎ、足をソファにのせてくつろげるんだわ。早く九時にならないかしら。

すると教授が尋ねた。「君はもともと午後は非番だったのかい？」

ドクター・ハイドから求められて自分のペンを渡してから、ブリタニアは落ち着いて答えた。「ええ。あとでその分休暇をとりますから」

「お茶も飲まずに働いていたじゃないか」

ブリタニアはうなずいた。

「看護師の模範だね、ミス・ブリタニア・スミス。君に正当な報いがあるといいが」教授は穏やかな声で言ってから、また皮肉っぽい笑みを浮かべた。

ふつうにほほえんだらどんな感じなのだろうかと思ってから、ブリタニアはかすかに語気を強めて言った。「別に殉教者だなんて思っていただかなくてもけっこうですわ、教授」

やがて二人の医師は出ていった。ドクター・ハイドは礼儀正しく感謝を述べ、にこやかにおやすみと言った。しかし、教授は軽くうなずいただけだったので、ドクター・ハイドに比べて無作法に思えた。ブリタニアは手際よく仕事をこなしながら、憂鬱（ゆううつ）な思いで今日を振り返った。理想の男性に出会ったのだから人生最良の日のはずなのに、どうしてそれにはほど遠い日になってしまったのだろう？

マック師長は、なにか起きたらスミス主任看護師がなんとかしてくれるからと病棟担当の看護実習生に言い残し、七時に食事に行った。残業するはめになったことをまだ怒っていたのだ。ブリタニアが自分の患者を置き去りにして帰れないという事実はまるで頭にないようだった。やがて食事から戻ったマック師長は当直日誌を書きあげると、夜勤の看護師に渡した。そして、もうくたくただと当てつけがましくブリタニアに言って、せかせかと出ていった。専門看護師が来るのは一時間後だった。ブリタニアは患者の世話に忙殺されていて、その時間が過ぎたのにも気がつかなかった。フレッドがやってきて患者の容態を尋ねてから、ところで友人からのアドバイスだが、髪が乱れているよと言って立ち去った。

ブリタニアは髪を直す暇もなかった。それでもようやく引き継ぎをすると、階段を下りて正面ロビーに向かった。かすかな音が聞こえていた。看護師が就寝前の患者に飲み物を配る音、小児病棟から聞こえてくる泣き声、ストレッチャーを押す音、あわただしく行き来するスタッフの足音。ブリタニアは大きくあくびをして最後の段を下り、うつむいて看護師寮に通じる細い通路を進んだ。そこでふと、大きくて固いなにかにぶつかった。ライティング・ファン・ティーン教授だった。

「コートをはおって」教授は有無を言わせない口調で言った。「外へ行こう」

ブリタニアは彼にまた会えて心が躍るのを感じながら、口を開き、閉じて、また開いた。「だめです。だって、髪が……」

教授は吟味するようにブリタニアを見た。「ぼさぼさだ。どうして女性はいつも髪を気にするんだい？　だれも見てやしないよ」

ブリタニアは内心同意せざるをえなかったが、それでもむっとした。だれにも見られなくてもかまわないけれど、見る価値もない女だと教授に思われていることが癪（しゃく）だった。

教授はブリタニアの腕からコートを取って、肩にかけた。「それに君は美しい生き物なんだから、ヘアスタイルとかそういうくだらないことを気にしなくてもいいんだ」

美しいと言われたのはうれしかったが、見かけを気にすることをくだらないと決めつけられたのは心外だった。それに、生き物だなんて、品評会に出された馬みたいじゃないの。

「外へ行きたいとは思っていませんから」ブリタニアは冷ややかに言った。

「紅茶は?　バターを塗ったあつあつのトーストは?　君はおなかがすいてないのかい?」

口の中に唾(つば)がわいてきた。でも……。「紅茶なら自分でいれられます」言ってもむだだった。教授はブリタニアをせきたててロビーを横切り、寒い十一月の夜の通りをきびきびと歩いて〈ネッズ・カフェ〉に入った。そこは病院のスタッフが急いで食事をしたり、コーヒーを飲んだりするときによく利用する、小さいながらも明るい店だった。

ブリタニアは、込んでいる店内の中央にある小さなテーブル席に促された。「どうしてこの店を知っているんですか?」そうきいてから、この人はだれからも見えるような席でいいのだろうかと思った。しかも、魔法使いのようなぼさぼさ頭の私と一緒にいるのに。

「外科の研修医が教えてくれたんだ」

「ああ……あなたも夕食がまだなんですね?」「そう……まだなんだ」教授が手を上げると、店主の形のいい唇の端に笑みが浮かんだ。

ネッドが陽気な丸顔を輝かせてやってきた。

「いらっしゃい。今日も忙しかったのかい、ブリタニア?　ろくに食べる暇もなかったんだろうね。なんにする?　とびきりのベーコンサンドイッチ?　チーズトースト?　それに紅茶かな?」

ブリタニアは期待で鼻をひくつかせた。「ベーコンサンドイッチがいいわ。それに紅茶ね」そして教授を見た。

教授はすぐに言った。「僕にもベーコンサンドイッチを。チーズトーストもうまそうだから、それも。そして、もちろん紅茶だ」

紅茶は熱く濃く、ベーコンサンドイッチはおいしかった。ブリタニアはきれいな歯でサンドイッチにかじりついてから尋ねた。「どうして私にごちそうしてくださるんですか、教授？　もちろん、ご親切はありがたいし、私はおなかがぺこぺこでしたけど、あまりに意外だったので。だって、今朝は病棟からあなたを追い払ってしまったうえに、そのことをまだお詫びしていなかったんですもの。すみません、本当に。でも、名乗ってくださっていたら……」彼女は考えこむように教授を見た。「いえ、たいていの人はあなたのことを知っているんでしょうね」

教授はかすかにほほえんだ。「たいていの人はね」むさぼるようにサンドイッチを食べているブリタニアを、彼は愉快そうに眺めた。「最後に食事をしたのはいつだったんだい、ミス・スミス？」

ブリタニアは指をなめた。「夜食を食べたかったんですけど、師長が戻ってくるのが少し遅れたんです。だから……病棟でコーヒーを飲んで、患者さん用の余ったライスプディングを食べただけ」

教授は驚いた顔をした。「腹がすいて当然だ！」そして、彼女の方に皿を押した。「食欲旺盛（おうせい）な女性を見るのは気持ちがいいよ」

ブリタニアはかすかに顔を赤らめたが、気おくれせずに教授を見返した。「食欲はいつも旺盛よ」

教授は義務のように紅茶を飲み、みるみる減っていくサンドイッチを一切れつまんだ。

「君は婚約しているのかい？」

「私が？　どうしてそんなことを思ったんですか？　いいえ、していません」

「意外だな。それじゃ、恋愛中かい？」

ブリタニアは唇についたパン屑（くず）を舌でなめ取った。今日出会ったばかりだというのに立ち入りすぎじゃないかしら。そう思いながらも、はぐらかそうとはしなかった。「ええ」もしその恋愛の相手はあなただと打ち明けたら、彼はなんと言うだろう？

チーズトーストが運ばれてきた。ブリタニアは二つのカップに紅茶のおかわりをつぎ、チーズの味見をしてから、フォークを持っていた手をとめた。教授がとても真剣な顔をしているのに気がついたのだ。

「もちろん、そうだろうとは思ったが」彼はいやになるほどなめらかな声で言った。「君の恋人はなんて運のいいやつだと言うべきなんだろうな」

ブリタニアはチーズをもぐもぐと噛（か）んだ。私はこの人に恋しているけれど、かなりいらいらさせられるのも確かだわ。「あなたに感想を求めてはいませんけど」彼女は穏やかに指摘した。「そうする理由がありませんもの。出会ったばかりで、お互いそれほど知らないし、この先もう会うこともないでしょうし。私が全部食べないうちにチーズトーストを少し召しあがったらいかがですか？」

教授は口元をほころばせた。「ありがとう」そして腕を組んだ。「この先にもう会うこともないという見通しはありがたいね。君の言うことは辛辣（しんらつ）すぎるから」

ブリタニアは思わずトーストにむせた。教授は椅子から立って彼女の背中をたたいた。なんとも屈辱的だったが、おかげで内心の思いをうまく隠すことができた。話ができるようになると、ブリタニアは冷静に言った。「私をここに連れてきたのは完全にあなたのミスですわ。だって、そうしなければ、私の言うことが……辛辣すぎるのに気がつかなかったはずですもの」彼女はさっと立ちあがってコートをはおると、夕食の礼を言ってドアに向かった。足を速め、教授に引きとめられる前に店から出る。どうせ教授は支払いをしなければならないから、簡単には追いつけないだろう。

病院に戻るにはいくつか近道があった。いつもなら夜は歩かない細くて暗い道が何本かあるのだ。だが、今夜は暗いことなどかまわず近道を通り、病院に戻って、さっさと寮の自分の部屋に向かった。

ブリタニアは寝る支度を整えてから、座って考えこんだ。教授にまた会える見込みはほとんどない。もしまた会えたとしても、病棟でだろうし、たとえ話ができたとしても、患者に関することだけだろう。教授はきっと、今回の手術のためだけに来たに違いない。彼を心から消し去ってしまうのがいちばんいいのはわかっていたが、ブリタニアはそうしたくなかった。直感的に結婚したいと思う相手にはめったに出会えるものではない。そんな人にめぐり合ったのだから、忘れたくないと思うのは当然だ。もちろん、今夜誘ってくれたのは、彼自身が疲れていたからだろう。それに、あんなに癇癪を起こしやすいことを考えると、一時の気まぐれだったに違いない。それにしても、夜の九時に主任看護師に紅茶とサンドイッチをごちそうしてくれた医師は、記憶にある限り、今まで一人もいない。でも彼は、たとえ人にとめられても、自分のしたいようにすることに慣れているタイプに見える。

ブリタニアはベッドに入り、枕をたたいてふくらませてから、再び考えこんだ。彼は婚約しているのだろうか？　そう若くはないから、つき合っている女性くらいはいるはずだ。でも、もしいないのなら……。ブリタニアは横になって目を閉じた。なんとかしてまた彼に会おう。そして、いつか彼と結婚しよう。そう心に誓うと、ようやく気持ちが落ち着き、安心して眠りにつくことができた。

2

　次の日、教授は二度病棟に来た。朝来たときには、ブリタニアはパーティションの陰で手をごしごし洗っている最中で、病棟の向こう端にいる彼の深みのある声を耳にしただけだった。午後来たときにはお茶の時間で、ブリタニアは病棟にいなかった。

　マック師長は夕方帰る前にブリタニアに当直日誌を渡し、ライティング・ファン・ティーン教授が明日エディンバラへ発ち、それからオランダに戻ると話した。「魅力的な男性ね」師長は言った。「もっとも、どうしてあの検体のことを知ったのか、ちゃんと説明してくれなかったけど……」そこでブリタニアをじろりと見た。ブリタニアは平然と師長を見返しただけで、なにも言わなかった。

　教授が帰ってしまうと知ったブリタニアは、憂鬱な気分で夜勤についた。教授とまた会うためにはどうすればいいか、なに一つ思いつかないけれど、もし今度会うことがあったら、なにかが起きるだろう。それがなにかはわからなかったが、ブリタニアは意志が強いことに加えて、ロマンチックな性格だった。それに、自惚れているわけではないものの、自分の見栄えがかなりいいことを自覚していた。もちろん、もっと小柄で頼りなげな美人だったら、事はもっと簡単だろう。兄弟がよく言っているが、男はかよわい女性が好きなのだ。ブリタニアは自分を見おろし、『不思議の国のアリス』のヒロインのように急に小さくなれればいいのにと思った。

夕食に行く途中でデヴィッド・ロスにでくわした。彼はブリタニアになんの同情も示さず、昨夜はだいなしになったと文句を言った。まるでブリタニアがわざと残業をしたような刺(とげ)のある言い方だったので、不満があるのならドクター・ハイドにどうぞと言い返すと、彼は冷ややかに肩をすくめて立ち去った。

デヴィッドのことをそれほど真剣に思っていたわけではないが、ライティング・ファン・ティーン教授が現れるまでは、そのうち彼と結婚するかもしれないと漫然と考えていた。しかし今は、教授以外の男性と結婚したいとは思わない。ブリタニアはメモを書く手をとめ、メモ用紙にブリタニア・ファン・ティーンと書いた。とてもしっくりくるように思えた。

週末にブリタニアはドーセットの実家に帰った。少なくとも月に一度は帰ることにしているのだ。今回は予定より早かったが、両親と話をしたかった。旅行鞄(かばん)に荷物をつめ、夕方の列車に乗って、最寄りの駅に着くまでまどろんだ。モートン駅は乗降客がほとんどいない小さな駅で、モートン村に近く、ドーチェスターからもウォラムからも数キロ離れている。着いたときにはあたりはすでに暗く、気温が下がっていた。駅に降り立ったのはブリタニアだけだった。

迎えに来ていた父親は、ポーター兼駅長兼改札係のミスター・ティムズと話をしていた。二人はブリタニアを喜んで迎えた。ミスター・ティムズは背中の痛みと腱膜瘤についてひとしきり話すと、小さな駅長室に戻って次の列車を待った。ブリタニアと父親は、駅前にとめてあった古いモーリス・オックスフォードに乗った。父親の自慢のクラシックカーだ。田舎の道はくねくねしていて、とても暗く、車はそれほどスピードが出なかったので、二人はのんびりと話をしながら短いドライブを楽しんだ。だがそれも、ジョージ王朝様式の小さな家に着くまでだった。ブリタニアにそのまま年を重ねさせたような長身の母親は、答える間も与えずに次々と質問を浴びせた。もう慣れっこのブリタニアは母親にキスをして、キッチンからおいしいにおいがすると言った。

「おなかがすいているのね。さっき、あなたはまともな食事をしていないんじゃないかってお父さんに言っていたところよ」母親はキッチンに向かった。「さあ、コートを脱いで。食事の用意はもうできているわ。いずれ結婚したら、夫と食べる夕食が楽しみになるんでしょうけどね」

それについてはなんとも言えないと思いながら、ブリタニアは子供のころから使っている二階の小さな自分の部屋に向かった。兄と弟が家を出たあと、大きなほうの部屋に移ったらどうかと母親に勧められたが、ポーチを見おろす小さな部屋を使いつづけることにしたのだ。コートをベッドにほうり投げ、鏡も見ないで再び階下に下りる。身だしなみより夕食のほうがずっと大事だった。

リビングルームの向かい側にある、古いけれど明るい雰囲気のダイニングルームでおいしい夕食を食べおえると、両親は暖炉の両側に座り、ブリタニアは床に膝をついて薪をくべた。それから振り返って肩ごしに言った。「私、結婚したい人に出会ったの」

種のカタログを見ていた父親が目を上げ、問いかけるようにブリタニアを見た。母親は編み物の手をとめて、陽気な声をあげた。「そうなの？　私たちが知っている人？」

「いいえ」

「結婚を申しこまれたの？」

「いいえ」ブリタニアは事実を告げた。「申しこんでくれるとも思えないわ。彼、外科の教授なの。とってもすてきで、ハンサムで、気が短くて、いばっていて、お金持ちよ。あいにく私のことがそれほど好きじゃないみたい。私たち……育ちが違うの」

父親はカタログに目を戻し、曖昧に言った。「お似合いというわけじゃないようだね」

「年はいくつ？　背は高いの、低いの？　太っているの、痩せているの？」母親が矢継ぎ早に尋ねた。

「不つり合いな相手なんだから、見かけはどうでもいいじゃないか」父親が指摘した。

「そう、かなり不つり合いなの」ブリタニアは言った。「もうすぐ四十歳ですって。とても大柄なのよ。オランダ人で、数日前に帰国したわ」

「私たち、オランダに知っている人がいるかしら」母親が言った。

ブリタニアは、話を真剣に受けとめてくれた母親に感謝のまなざしを向けた。「いいえ。ただ、主任看護師のジョーン・スティーヴンズを覚えてる？　彼女の名付け親がオランダ人で、もうすぐ二週間ほど向こうへ行くんですって」

「ジョーンとは仲がいいのかい？」父親がカタログを置いて、会話に加わった。

「ええ。ずっと一緒に働いてきたの。それで今度、一緒に行かないかって誘ってくれているのよ」

「もちろん、行くと言ったんだろうね」

ブリタニアはうなずいて、火かき棒を置いた。「私のこと、ばかだと思う？　でも、これもなにかの縁かもしれないって思ったの。わかる？」

両親はうなずいた。

「おまえはいつでも自分の欲しいものがちゃんとわかっているようだ」父親が言った。

「あなた、きれいな服をたくさん持ってる？」母親が尋ねた。

ブリタニアは持っていると答え、熱心な口調でつけ加えた。「なにかしないといけないと思うの。よくわからないけど、ジョーンに一緒に行かないかと誘われたことが啓示のように思えて……」

「運のいい男だ」父親が言った。「もしおまえを手に入れればだが。もっとも、逆におまえが運のいい娘だと言えるかもしれない。彼が金持ちだというのが残念だな。金は人をだめにすることがあるから」

ブリタニアはその点について考えた。「彼はそうならないと思うわ」

「どんなふうに出会ったの?」母親は興味津々だ。

「私が外科病棟の汚物処理室から彼を追い出したの。彼がだれだか知らなかったから。でも、どっちにしても、外部の人が入ってはいけない場所だったのよ」

「出会いの場としてはあまりロマンチックではないな」父親が皮肉っぽく指摘した。

「そうね」ブリタニアは一瞬ためらった。「テッドにもニックにも言わないでね」

「もちろんよ」母親が請け合った。「どっちにしろ、二人ともしばらく帰ってこないわ。いい兄弟たちだけど、あなたをからかうのが難点ね」また編み物を取りあげる。「彼の名前は?」

「ライティング・ファン・ティーン教授。独身よ。でも、婚約しているか、恋人がいると思うわ」

「その可能性はかなり高いわね」母親が言い、夫の方を見た。「女嫌いということもありえなくはないけれど」

「そうだとすれば、ブリタニアにはまったくふさわしくない相手だということだ」父親が断言した。

セント・ジュード病院に戻ったブリタニアは、真っ先にジョーンをさがした。ジョーンは勤務を終え、給湯室で紅茶をいれていた。ブリタニアはいきなり口を開いた。「ジョーン、オランダに一緒に行かないかって誘ってくれたでしょう。私、ぜひ行きたいの」

「よかった！　フェスケ夫妻はとてもすてきな人たちだけど、ちょっと年が離れているの。わかるでしょう。私は二人よりも活動的なのよ。だから、だれかと一緒に来たらと勧められたってわけ。二週間休みがとれる？」

ブリタニアはうなずいた。「マック師長は怒るでしょうけど。でも、もう何年も長期休暇をとってないのよ。今までよく師長と勤務を替わってあげていたから、貸しがあるし。いつ出発するの？」

「十日後よ」二人は寮に戻り、ジョーンの部屋に行って紅茶を飲んだ。「それでいい？」

ブリタニアが再びうなずくと、ジョーンはさらに尋ねた。「ところで、馬に乗れる？」

「ええ……あまり威勢のいい馬でなければね」

「自転車は？」

ブリタニアはもう一度うなずいた。

「よかった。天気は悪いと思うけど、かまわないわよね？　車を借りることもできるし。フンデルローはオランダの中ほどにあるから、観光もできるわ」

オランダは小さな国だから、あちこち見てまわれるはずだとブリタニアは思った。教授に出会うチャンスだって必ずあるわ。「あなたの名付け親はかまわないかしら？　私たちが一日じゅう出かけていても」

「ええ。夕食をみんなで食べて、夜カードゲームをすればいいわ。それに、気が向けば一緒に出かけるわよ。二人ともサイクリングが大好きなの」

「厚着をしていったほうがいい？」

「ええ。それとレインコートがいるわ。ドレスアップするチャンスはあまりないわよ。でも、白馬に乗った王子様と出会うかもしれないから、おしゃれなドレスを持っていくけど」ジョーンはまた紅茶をついだ。「そういえば、あなたが受け持っていた患者さんの手術のために来たあのすばらしい教授はどうしてるの？　私、ちょっと見ただけでくらっとなったわ」

「オランダに帰ったの」ブリタニアは平静に言った。「あの手術は見事だったわね」

ジョーンはさぐるような表情になった。「ブリタニア、なにか計画してる？」

「私が？　なにを？」

「最近はロスとデートをしてないし、〈ネッズ・カフェ〉でだれかとワインを飲んで食事をしていたそうじゃない」

「ワインじゃなくて紅茶よ。食べていたのはサンドイッチ」ブリタニアはいつもの口調で言った。「二人ともその日はほとんどなにも食べていなかったから。あのときの彼、ものすごく失礼だったわ」

「白馬に乗った王子様なんてそんなものよ」ジョーンは気楽に言った。「年をとりすぎないうちに王子様に出会えるように祈りましょう」

マック師長に二週間の休暇を許可してもらうのは決して楽ではなかったが、ブリタニアの決意は固かった。どうしてもオランダに行きたい、オランダに行ったら教授に会えると、彼女は子供のように信じていた。会えたら彼になんと言うかはまったく頭になかった。それはあとで考えよう。なんとかマック師長の了承を得ると、ブリタニアは両親に電話をかけ、それから荷造りに取りかかった。

ジョーンは厚手のものを荷物に加えたほうがいいと言っていた。運命の導きか、ブリタニアは数週間前にスコティッシュ・ツイードのスーツを買っていた。泥炭のような濃い茶色で、スコットランドの高地で見られる秋の色がすべて織りこまれている。それに合うセーターも何枚か買ってあった。あとは、去年買った茶色のツイードのコートがあればいいだろう。角度をさまざまに変えてかぶることができる小ぶりのベルベットの帽子も持っていこう。まだ流行遅れではないはずだ。

それから、スラックスと厚手のプルオーバー。さらに、すてきなドレス。もちろん、教授に会ったときのためだ。彼の目を引くシックな装いをしたい。シンプルな淡いピンクのロングドレスなら、教授の冷たい目さえ引くことができるだろう。もう一枚は膝丈のダークグリーンのウールのワンピースにしよう。あれもエレガントでシンプルで、同じように人目を引くはずだ。

二人は霧雨になりそうな寒い曇りの日に出発した。オランダのスキポール空港に着いたときには冷たい雨になっていた。二人とも、レインコートを着て、頭にスカーフをかぶっていてよかったとつくづく思った。空港に迎えに来ていたミスター・フェスケはもの静かな長身の男性で、完璧(かんぺき)な英語を話し、二人を心から歓迎してくれた。そして、シトロエンに二人を乗せて、百キロ近い距離を運転しながら観光案内をしてくれた。とはいっても、大半は高速道路だったので、どのあたりを走っているのか、ブリタニアはよくわからなかった。

車はアペルドールンの手前で高速道路を下りた。フェルウエからフンデルローまではくねくねとした田舎道が続いた。フンデルローは小さな町で、庭園に囲まれた小さなしゃれた家があちこちにあり、こんな寒い時期でも見ていて楽しかった。車は背の高い並木と森にはさまれた細い道を進んだ。ときおり木立がとぎれ、堂々とした門の向こうの手入れの行き届いた私道が見えた。

ほどなく、ミスター・フェスケはそうした私道の一つに車を進めた。門は開いていて、短い砂利道があり、その奥に、小塔がいくつも立っている凝った造りの家が現れた。まるで客を歓迎しているかのようだ。そのとき、玄関のドアが勢いよく開いて、ミセス・フェスケが出てきた。髪を入念に結った小太りの女性で、豊かな胸と陽気な丸顔の持ち主だ。彼女は二人を交互に抱擁して、ジョーンの友人にも会えてうれしいと言った。そして、ここでの計画を説明しながら、二人にレインコートを脱ぐ暇もほとんど与えずに、居心地のよさそうな広いリビングルームに案内した。部屋は暖かく、紅茶が用意されていた。四人はくつろいで座り、おしゃべりを楽しんだ。

しばらくして、客の二人は二階のそれぞれの部屋に案内された。窓からは中庭とその向こうの森が望める。ブリタニアはうきうきしながら、旧式の大きな衣装だんすに服をかけ、ここでの滞在を楽しもうと心に決めた。教授に会えたらすばらしいけれど、スキポール空港からここまで来る間に、ここで偶然彼に会えるかもしれないと期待するのはいくらなんでも奇跡に近いと悟ったのだ。オランダは確かに小さい国だけれど、そこまで小さいわけではない。ブリタニアはダークグリーンのワンピースに着替えると、髪をシニョンに結い、メイクを直して、一階に下りた。

数時間後、暖かいベッドに横になりながら、とても楽しい夜だったとブリタニアは思った。夕食は重厚な雰囲気のダイニングルームで食べた。くすくすとよく笑う、ベルテという健康そのものの若いメイドが給仕をした。彼女はジョーンとブリタニアが異星人ででもあるかのように眺めていた。ミセス・フェスケによると、ベルテはとても働き者らしい。

もう一人、年配のメイドがいるが、親戚の結婚式に出席するため休暇をとっているということだった。「この国では、結婚式はとても大事で楽しいことなの」気のいいミセス・フェスケが言った。「あなたたちもこれからが楽しみね」

ブリタニアは内心大きくうなずき、ほほえみ返した。もっとも、教授がその楽しいことに加わってくれるかどうかはかなり疑わしかったが。それに、とブリタニアは自分に厳しく言い聞かせた。彼と結婚することを前提に物事を考えるのはよそう。期待を抱くのと、それを当然のこととみなすのとはまったく別の話なのだから。当然のこととみなされたら、教授はおもしろくないだろう。

翌朝、目が覚めると雨が降っていたが、たかが雨ぐらいでせっかくの休暇をだいなしにされたくなかった。ブリタニアとジョーンはレインコートを着ると、スカーフで頭を包み、厚い手袋をはめ、ブーツをはいて、ミスター・フェスケと一緒にガレージへ行った。そこにはさまざまな自転車があった。ブリタニアはかなり古い自転車におそるおそる乗った。ペダルを逆にまわすとブレーキがかかるのを知らなかったので、危うく転倒するところだった。

二人は元気よく出発した。めざすのはフンデルローだ。そこに着いたらコーヒーを飲み、切手を買い、ウィンドーショッピングをして、昼食には戻る予定だった。十一月の朝は寒かったが、すがすがしかった。葉の落ちた並木が頭上にアーチを作り、あちこちに森がある。

「みんな私有地なの」ジョーンが説明した。「小さいものから広大なものまでいろいろよ。こういう森の中にすてきな家があるの。この先にもあるのよ。煉瓦(れんが)の門柱の上のライオン像がすてきなの。でも、私道が曲がっているせいで、門から家は見えないわ。お城みたいなお屋敷だそうよ。この前来たときにミセス・フェスケから聞いたの」

ブリタニアはペダルに注意しながらバランスをとった。「だれか住んでいるの?」

「ええ。でも、どんな人か知らないわ」

二人はフンデルローで楽しく一時間ほど過ごした。小さな店を冷やかしてまわってから、コーヒーショップでなんとか片言でコーヒーとアップルケーキを注文し、一休みしてから家に戻った。午後にはミセス・フェスケが小型のフィアットに二人を乗せ、スピード制限を見事に無視した大胆な運転でアペルドールンに連れていってくれた。広い並木通りを走りながら、夏には美しい眺めを楽しめると説明し、町の中心で紅茶と濃厚なクリームケーキを堪能(たんのう)したあと、家に戻った。夕食後はみんなでカードゲームをして、かなり遅い時間にベッドに入った。

翌日も同じように外出を楽しんだ。今回は二人だけでクローラー・ミュラー美術館へ自転車で行き、ゴッホのコレクションを鑑賞した。ランチのあとはミセス・フェスケが車でルーネンに連れていってくれた。そこでテルホルスト城を見て、夕方はブリッジに興じた。ブリタニアはカードゲームが大好きというわけではなかったので、フェスケ夫妻がゲームにそれほど真剣でないのがありがたかった。

翌朝も雨が降っていた。ミセス・フェスケがアーネムへ連れていく計画をあきらめたので、二人は家で葉書を書き、どちらがフンデルローまで投函しに行くかをコインを投げて決めた。負けたのはブリタニアだった。ちょっと外に出るのもいいと思いながら、ガレージから自転車を出し、たたきつけるような雨の中を出発した。

自転車専用道路に入ろうとしたとき、なにか黒くて小さいものが動いているのが目にとまった。傷ついた小鳥だ。自転車をとめてそちらへ走っていくと、風でスカーフが飛ばされ、濡れた髪が顔に張りついて目を隠した。そのせいで、近づいてくる車が見えなかった。音も聞こえなかった。

それはすばらしいロールスロイス・カマーグで、落ち着いたグレーの塗装が雨に濡れて光っていた。車はブリタニアの三センチほど手前でとまった。見ると、なんとライティング・ファン・ティーン教授が車から降りてきた。ブリタニアは手に小鳥をのせ、挨拶もせずにいきなり言った。「翼が折れているんだと思うわ。どうしたらいい？」

「君は大ばかだ」教授は冷たく言い放った。「ろくに見もせず道に飛び出すとは。君を轢(ひ)いていたかもしれないんだぞ。もっと悪ければ、スリップして車をだいなしにしていたかもしれない」彼は手を伸ばした。「鳥をこっちによこすんだ」

ブリタニアは返す言葉が見つからなかったので、教授に小鳥を渡した。夢がかなったんだわ。

しかし教授には、その喜びをブリタニアと分かち合う気はまるでないようだった。彼は小鳥をそっと調べた。「僕があずかろう」そう言って、車に戻っていく。ブリタニアは教授のあとについていった。

「この近くに住んでいらっしゃるの?」

「ああ」教授がじろりと見た。

その冷たいまなざしに、ブリタニアの舌の上で言葉が凍りついた。車は走り去った。

ブリタニアは道に突っ立って教授の車を見送った。「私、どうかしていたんだわ」彼女は雨に濡れた景色に向かって叫んだ。「あんないやな人、見たことない!」そして、自転車のところに戻り、フンデルローめざして走りだした。「でも、彼、小鳥をあずかってくれたわ。絞め殺すこともできたのに」

フンデルローの近くまで来たとき、奇跡的に雨がやんだ。気がつくと、教授の車が向こうから現れて通り過ぎていった。その数分後、うしろから戻ってきて、ブリタニアの横でとまった。ブリタニアは自転車をとめた。

「鳥の翼は手当てした。飛べるようになるまで動物愛護団体が保護してくれるそうだ」教授はにこりともしないで言った。だが、ブリタニアは気にもとめず、うれしそうに彼を見た。

「信じられないと思わない？　セント・ジュード病院の汚物処理室で会ったあと、こんなふうに再会するなんて」

教授は尊大な表情でブリタニアを見おろした。「別に信じられないことではないが」彼女の喜びに水を差すように言う。「ときどき起きる偶然にすぎない」

呼びたければ偶然と呼べばいいわ。ブリタニアは心の中でやさしい運命の女神に感謝し、にっこりした。「そんなに不機嫌にならなくてもいいと思うけど。あなたみたいに癇癪(かんしゃく)持ちの男性には会ったことがないわ。あなた、失恋したか、なにかいやなことがあったばかりなの？」

教授の怒った顔を見たら、ブリタニア以外の人間ならだれだってひるんだだろう。「なんて不愉快な女性だ！」彼は歯ぎしりした。「こっちこそ君みたいな女性は初めてだ……」

ブリタニアは濡れた髪を手でうしろにとかしつけた。「あなたに必要なのは妻と子供よ」

教授は唇を震わせた。「なぜそう思うんだ？」

ブリタニアは大まじめで答えた。「そうすれば、だれかに大切にされて、愛してもらえるからよ。夜にはスリッパを持ってきて……」

教授がかろうじて怒りを抑えているのが見て取れた。「いいかげんにしてくれ。よりにもよって、どうしてそんな胸が悪くなるようなセンチメンタルなことを考えたんだ！」

ブリタニアの美しい目から涙があふれて、ゆっくりと頰を伝った。教授はオランダ語でなにかつぶやくと、耐えがたいようすで車から降りた。

「なぜ泣くんだ？　たぶん僕のせいなんだろうが」

ブリタニアはすすりあげ、白いローンのハンカチで涙をふいてから、はなをかんだ。

「いいえ、あなたが悪いんじゃないわ。あなたにはどうしようもないことだもの。そうよね？　妻と子供を持つのを、む、胸の悪くなるような、セ、センチメンタルなことだと思っているなんて、あんまりかわいそうで」また涙が流れ落ちたので、子供のように手の甲でぐいとぬぐった。

教授はブリタニアのすぐ近くに立ち、驚くほどやさしい声で言った。「本気で言ったんじゃないよ。僕はただむっとしていたんだ」

ブリタニアは悲しそうに言った。「でも、あなたはすぐ癇癪を起こすわ。いつも怒って私をどなりつけるのよ」

「僕は怒っていないし、どなってもいない。ときどき短気にはなるが」相変わらずやさしい声ながら、今度はかすかに冷たさがこもっていた。

「いいえ、怒っているわ」ブリタニアは言い返した。「あなたのことが怖いの」彼女が上目遣いで見ると、教授は顔をしかめた。

「君がだれかを、あるいはなにかを怖いと思うなんて信じられないな。まして僕のことを怖いと思うはずがない。そういうせりふはほかの男に試すんだな。僕はばかじゃないんだ」

ブリタニアはため息をついた。「信じてもらえないと思ったわ」

教授は冷ややかに彼女を見た。「その涙も僕を試すためなのか？」

ブリタニアはゆっくりとかぶりを振った。せっかく教授と再会できたのに、夢に見ていたようななりゆきにはならなかった。「小鳥のこと、ありがとう」彼女は自転車に乗り、教授を一人残して走り去った。

そのあとずっと、ブリタニアは教授のことを考えないように努めた。しかし、ベッドに横になっていると、どうしても考えてしまう。彼の言葉も表情も頭の中から追い出せない。あいにく、教授は相変わらず私のことが好きではないようだ。彼女はうとうとしながら、今日自分がひどい格好をしていたことを思い出した。ピンクのドレスを着ていたら、彼の態度は違っていたかしら？　母はいつも、男性はピンクに弱いと言っている。ブリタニアはため息をついて、眠りに落ちた。

3

ライティング・ファン・ティーン教授がピンクのドレスを着た女性を好きかどうかは永遠に確かめられそうもなかったが、そんなことはもうどうでもよくなった。というのも、翌日再び教授と会えたからだ。ジョーンは頭痛がするから家にいると言い、ミセス・フェスケは歯科医の予約があった。ブリタニアは家にじっとしている気分ではなかったので、思いがけず快晴になったこともあって、ジョーンに勧められるままセーターを二枚着てスラックスをはき、髪をスカーフで包むと、自転車で出かけた。

のどかな田園風景が何キロも続いていた。ブリタニアはうきうきしながら、教授との再会計画を練った。だが、そんな計画は不要だった。木々に囲まれた絵のように美しい池があったので、もっとよく見ようと近づいたとき、教授のロールスロイスがカーブを曲がって現れ、三十センチ先で急停車したのだ。

ブリタニアは自転車から飛びおりた。教授がかんかんに怒った顔を車の窓から突き出しても、辛辣（しんらつ）な言葉をぶつけられても動じなかった。「なんてことだ、君は自転車に乗るべきじゃない！」

ブリタニアは、やさしい運命の女神が自分にまたチャンスをくれたのだと感じた。高級車の窓から自分をにらんでいる教授の顔を見て、うれしさのあまりぞくぞくしたが、平静を装って言った。「こんにちは」挨拶は返ってこなかった。

教授は怒りを抑えこんでから、いやみたっぷりな冷たい声で言った。「君は道路の逆側を走っていたんだぞ。危うく轢いてしまうところだった」

ブリタニアは自転車を起こそうとかがみこんだ。後輪がパンクしていたが、この瞬間はたいして重大なことに思えなかった。今は教授の機嫌を直すことのほうが大事だ。「私はここでは外国人だから、その点は大目に見ていただかないと。あなたはちょっと厳しすぎるわ。知らない者同士じゃないのに」

ブルーの瞳に宿る怒りは隠しようもなかった。「確かに知らない者同士ではないが、君とまた会ってうれしくなる理由はなにもない。道路の正しい側を走るように忠告しておくよ。自転車専用道路があるときは、それを使うように」教授は不機嫌につけ加えた。「君のような人は一人で外出すべきじゃないな」

ブリタニアは教授の非難をおおむね甘んじて受けとめた。「だったら、よろしければ一緒に走りませんか？　適度な運動は体にいいわ。癇癪を吹き飛ばすには新鮮な空気が一番よ」愛想よくほほえみかけ、教授の返事を待つ。だが、彼が黙っているので先を続けた。

「あら、もしかして、もう自転車に乗れないのね……」

教授の声はいつもは低く落ち着いているが、急に予想もしなかったほどの大声になった。「君はまったく不愉快な女性だ。どうしてここにいるのか、僕の知ったことじゃないが、君につきまとわれたくはない」

ブリタニアはがっかりした。「あなたにつきまとうつもりはないけど、後輪がパンクしたのよ」

「自分で直すか、家まで歩いて帰るんだな！」教授はどなると、彼女を置いて車を発進させた。

「スピードの出しすぎよ」静かな道に向かってブリタニアはつぶやいた。「なんの道具もないのに、どうやってパンクを直せばいいっていうの？」

ブリタニアは自転車の向きを変えて歩きだしながら計算してみた。ここまで一時間くらいゆっくりと自転車をこいだ。だから、少なくとも十五キロは走っているはずだ。昼食には遅れるだろう。午後のお茶の時間にも間に合わないかもしれない。

村に差しかかったが、お金を持っていなかったし、だれも知らなかったし、英語を理解してもらえるとも思えなかったので、立ち寄ってもむだだと思えた。二十分ほど歩いたとき、中年の男性が乗っていた自転車をとめ、二言三言なにか言ったあと、修理道具を取り出した。彼がパンクをほぼ直したとき、教授の車が反対方向から走ってきて二人の横でとまった。

ブリタニアは教授にほほえみかけた。「あら、思ってたほどいやな人じゃないってわかってたわ！」

教授はにこりともせずに彼女を見つめた。「乗るんだ」彼は抑揚のない声で言った。「自転車はあとで取りに来ればいい」

ブリタニアはかぶりを振った。「そんなことはできないわ。この方がわざわざ助けてくれたのに、その方を置いていくなんて恩知らずなことは。あなたはいつも、相手の気持ちにかまわずに自分の思いどおりにしようとするけど、その癖は直したほうがいいわよ。この親切な方は私をどなったりしなかったし、パンクしたタイヤを一人で直すようにと言って見知らぬ土地に私を置いてきぼりにもしなかったわ。だいいち、私は修理道具を持っていなかったから、パンクを直すなんて最初から無理だったのよ」そこで少しは教授が反省したかと、いったん言葉を切った。教授の見事な体は石のようにこわばり、まなざしが険しくなっている。彼女はため息をついた。「でも……戻ってきてくださったのは親切ね。ありがとう」それ以上なにか言うチャンスはなかった。教授がまた猛スピードで走り去ったからだ。

家に戻ってから、ブリタニアは村での出来事をジョーンに話そうとして、話すべきことはあまりないのに気づいた。また教授に会った以外は取るに足りないことだし、彼はまだ私を嫌っている。いや、もっと嫌いになったはずだ。もう彼に会えないかもしれない。ブリタニアは髪をとかしていた手をとめ、彼が自分を好きであろうとなかろうと再会はしたのだからそれでいいと考えた。オランダに二週間いてもまったく会えない可能性だってあったのだし、彼に再会できたのはやはりなにかの導きなのだ。

ベッドに入る前に両親に手紙を書いた。教授のことを打ち明けたからには、このオランダ旅行が実を結んだかどうかを報告しておかなければならない。もっとも、結んだとしてもかなりすっぱい実だ。

いや、それほどすっぱくはないかもしれない。翌朝、ブリタニアが朝食をとろうと階段を下りていくと、ベルテが駆けあがってきて、くすくす笑いながら階下を指さし、それからブリタニアを指さした。フェスケ夫妻になにかあったのかと思い、ブリタニアはベルテの横をすり抜けて階段を駆けおりた。

「そんなに僕に会いたかったとは思わなかったよ」教授が言った。「自惚れていいのかな？」

彼は手袋をはめた手にコートを持って玄関ホールに立っていた。一刻も早く立ち去りたいような雰囲気だ。

「いいえ。自惚れないで」ブリタニアは言った。「フェスケ夫妻になにかあったのかと思ったのよ。ここでなにをしているの？　だれか病気？」

教授はかすかに唇をゆがめた。「手短に言えば……君に会いに来たんだ」

懲りるということを知らないブリタニアの楽観主義が頭をもたげた。だが、彼女はそれを抑えこんだ。「どうして？」

「昨日の僕の態度をあやまらなければと思って」

「それはどうも。謝罪をお受けするわ。なにか気にかかることがあっていらいらしていたのね」

「僕のことは心配ご無用だ、ミス・スミス。君自身のことを心配したほうがいいんじゃないかな」

また彼を怒らせてしまったわ。教授には楽観主義が通用しないとわかり、ブリタニアは静かに言った。「そのとおりね。来てくださってありがとう。もう帰りたいでしょう……」

教授はブリタニアをじっと見つめただけで、一言も言わずにドアに向かった。ドアを開ける前に、ブリタニアはすばやく彼に近づいた。

「私、五日前に来たばかりなの」それから好奇心を抑えきれずに尋ねた。「あなた、本当にこの近くに住んでいらっしゃるの？」

「そうだ。さよなら、ブリタニア」

それでおしまいだった。ブリタニアは朝食に行き、三人の集中砲火のような質問を浴びた。それからようやく話題が変わったので、教授を頭から追い出すことができた。

翌日は観光を楽しんだ。ミセス・フェスケはすばらしい案内人だった。アーネムに車で行き、オランダ屋外博物館で数時間過ごして、古いオランダの農場や風車、あらゆる州の民家と中世の工芸品を鑑賞し、ハールハイスで昼食をとった。ブリタニアは鰻(うなぎ)を食べたが、おいしく調理してあったので、ミセス・フェスケに言われるまで鰻とは気づかなかった。午後は店を見て歩き、土産を買い、少し疲れたものの満足して家に戻った。

翌日は土曜日で、ミスター・フェスケが馬に乗せてくれることになった。気温は下がっていたが、よく晴れている。彼はこの魅力的な土地を自分のてのひらのようによく知っていた。ブリタニアはかなり慎重な乗り手だったが、おおいに乗馬を楽しんだ。馬はとてもおとなしく、ほかの二頭と足並みをそろえて進んだので、ブリタニアはリラックスして周囲を見まわした。両側に森があり、木々の間から小さな私有地が見えた。生まれたときからここに住んでいるミスター・フェスケは、とくに珍しいとは思っていないようだが、ブリタニアは道を離れて探索したかった。

家に帰ろうとしたとき、ブリタニアはすばらしい屋敷を見つけた。切妻屋根がまわりの木々に半分隠れていて、細い小道が塀沿いにめぐらされている。その小道に沿ってもう少し先まで行けるかとミスター・フェスケにきこうかと思ったが、もう十一時だった。フェスケ夫妻が昼食は正午にとると決めているのを知っていたので、ブリタニアはイギリスに戻る前に自転車か馬でもう一度ここを見に来ようと心に決めた。

翌朝は全員でシトロエンに乗り、フンデルローの教会に行った。フェスケ夫妻は、ジョーンとブリタニアも一緒に行くものと決めつけていた。確かにこれもいい経験になるだろうと、ブリタニアは思った。

教会は赤煉瓦造りの堂々とした大きな建物だった。ブリタニアは礼拝に魅せられた。言葉は違うが、賛美歌のメロディは同じだったので、いくつか一緒に歌ってみた。説教が始まったとき、教授が自分の右手に座っているのに気づいた。

教授は一人ではなかった。隣に最新のファッションに身を包んだ若い女性が座っていた。髪はブロンドでほっそりとしている。だれだろう？　ファッションモデルのようなタイプが好きな男性には、まぎれもなく美しいと形容される女性だ。ブリタニアは自分の豊満な体を見おろし、ため息をついた。私もブロンドで痩せていたらいいのに。せめてもの慰めは、教授がその女性の方を一度も見なかったことだ。彼の尊大な横顔は会衆に説教している牧師に向けられていた。

ほどなくして礼拝が終わり、教授とその連れがフェスケ夫妻の横を通りかかった。教授は愛想よく夫妻の挨拶を受け、ジョーンにほほえみかけてから、ブリタニアを見て、ほほえみを消した。ブリタニアは思わず鼻にしわを寄せ、レディらしからぬしかめっ面をして、美しい唇をゆがめた。喧嘩を吹っかけるつもりなら、受けて立つわよ！

しかし、その必要はなかった。日曜日の昼食をすませたとき、教授がブリタニアに会いにフェスケ家を訪れたのだ。ベルテがくすくす笑いながら彼をリビングルームに通した。ブリタニアが入っていくと、粋(いき)なツイードのジャケットの上にアノラックを着た教授は、彼女をサイクリングに誘った。

「私と？」ブリタニアは驚きの声をあげた。

教授はわざと目を大きく見開いて、意外そうな顔をした。「もちろん君とだ。以前、君に誘われたと思ったが。適度な運動は体にいいと言っていただろう。君の言うとおり、新鮮な空気は僕の癇癪をまぎらしてくれそうだ」

ブリタニアはまじまじと教授を見た。「だいいち、自分の自転車を持っているの？　本当にサイクリングに行きたいの？　私と？」

「そうだ」

ブリタニアは輝くような笑みを教授に向けた。運命の女神は結局私の味方をしてくれたのだ。「二分待って」

ブリタニアはセーターを二枚重ね着して、首にスカーフを巻き、もう一枚のスカーフで頭を包んだ。

出かけることを話すと、ミセス・フェスケはとてもうれしそうな顔をした。

「少なくとも、私たちの一人は白馬に乗った王子様を見つけたみたいね」ジョーンが言った。

「まさか！　彼はただ、自転車に乗っている私を見て危なっかしく思ったから、誘ってくれただけよ」

「確かに自転車に乗っているあなたは危なっかしいものね」ジョーンが楽しそうに言った。「教授に交通ルールを教えてもらいなさい」

だが、教授は教えてくれなかった。二人は、彼女が選んだ道に沿って自転車をこいでいった。どうしてその道を行きたいのかと教授にきかれて、ブリタニアは、ちらりと見えたすばらしい家のことと、その家を見る時間がなかったことを話した。「本当にわくわくしたの。完全に見えないからこそ期待が増すことってあるでしょ」振り返ったはずみに自転車がぐらつくと、教授が手を伸ばしてハンドルを押さえてくれた。「私はあなたがどこに住んでいるか知らないわ。でも、自転車で行ける距離にあなたのお宅があるのなら、あれがだれの家か知っているんじゃないかしら。庭のまわりを塀が囲んでいて、塀沿いに小道があるの。その家に行って塀ごしに見たら、家の持ち主はいやがると思う？」

ブリタニアは一生懸命自転車をこいでいたので、教授の表情を見ていなかった。彼の顔には、驚きと興味と喜びが浮かんでいた。だが、そのどれも彼の声からはうかがえなかった。「その家の周囲を自転車でまわることはできると思うよ。家をもっとよく見られる場所があるはずだ。どうしてそんなに興味がわいたんだい？」

「おかしいかもしれないけど、その家を見たときに、まるで私のためにあるような不思議な気がしたの」ブリタニアは振り返り、教授がほほえんでいるのを見て慎重に言葉を続けた。「わかってるわ。ばかげているわよね。ここはイギリスじゃないし、フェスケ夫妻とあなた以外にはだれも知らないんですもの。その家は廃屋かもしれないし」

教授はぎょっとした顔をした。「いや……ちゃんと人が住んでいるよ」

「あら、知っているの？」

「ああ」

二人は十字路を過ぎて、木々の間をくねくねと続く細い道に入った。今度は教授が先に進んだ。

「あなたのいいところは」ブリタニアは言った。「返事が簡潔なところね」

ブリタニアがついてこられるように、教授は少し速度を落とした。「君が僕の長所に気がつくとは意外だな」

その言葉にいらだったブリタニアは、ペダルを逆にこいでしまい、バランスを崩しそうになった。

教授が彼女の腕をつかんで支えた。「気をつけて」

教授の保護者のような言い方に、ブリタニアはいっそういらいらした。

しかし、それほど長くいらだってはいられなかった。空気はひんやりとして気持ちがよく、田園風景はすばらしかった。それに、望むものをおおむね手に入れているのだ。こうして教授と一緒にサイクリングに出かけて……。

「もっと先によく見えるところがある」教授が言った。

「どうして笑っているの？」

「おいおい、僕はほほえんでさえいないよ」

「内心おもしろがっているわ」

教授はちらりとブリタニアを見た。「君といるときは態度に注意しないといけないのを忘れていたよ。ちょっと愉快なことを思い出していたんだ」

彼にも愉快だと感じることがあるのかと思ったが、ブリタニアはあえてなにも言わなかった。

「あれよ！」ブリタニアはいきなり叫び、ペダルを逆にこいで自転車をとめた。「ほら、あそこ。夏には天国でしょうね。あの山毛欅（ぶな）とライムの並木。お庭はどうなっているのかしら」

「もう少し先まで行ったら見えるんじゃないかな」

教授の言うとおりだった。赤煉瓦造りの典型的なオランダの邸宅で、切妻屋根には煙突が立ち、大きな窓が弱い日差しを反射していた。じっくり見るには遠すぎたが、堂々とした正面玄関の前の正式な庭園と、その横の離れも見えた。

「だれが住んでいるにしても、この家が好きだといいわね」ブリタニアが言った。「先祖代々のお屋敷だと思う？　もしかすると、相続税を払うために手放さなくてはならなくて、今はビーダーマイヤー様式とロココ様式の区別もつかないような人が住んでいるのかもしれないわね」

「なんと生き生きとした想像力だろう！　君にはビーダーマイヤー様式とロココ様式の区別がつくのかい？」教授は家を眺めたまま、ブリタニアの方を見ずに尋ねた。

「ええ。私の父は古物商で、私はいつも父についてアンティークショップやオークションに行っていたの。別に自慢しているわけじゃないけど」

「君はアンティーク家具が好きなのかい？　君が好きなのはどの時代？」

ブリタニアは自転車から降りて、低い塀に寄りかかった。「摂政時代の初期とゴシック時代ね」

教授はさりげなく尋ねた。「このあたりの家のどれかの中に入ったことはある？」

ブリタニアはかぶりを振った。「いいえ。私はジョーンについてオランダに来ただけなの。フェスケ夫妻が彼女の名付け親なのよ」彼女はまた自転車にまたがった。「このまま進んでもいいのかしら。それとも、来た道を戻る？」

教授はかすかにほほえんだ。「帰りたいのかい？　もっと先まで行けるのに。ところで、ここにいる間に病院を見学するつもりはないのかな？」

「そうしたいけど、いきなり訪ねていって、看護師なんですけど見学させてもらえませんかとは言えないわ。ミスター・フェスケが紹介してくれるかもしれないけど、ジョーンはそれほど興味がないし」

二人は寒風の中を並んでペダルをこいだ。「君の見学の手配なら喜んでするよ。僕はアーネムに週に二回行くんだ」

ブリタニアは驚いて教授を見た。「本当に？　どうしてそんなにやさしいの？　私を見るのもいやなんじゃないかと思っていたのに」

教授はなめらかな口調で言った。「君が勧めてくれた新鮮な空気と適度な運動がいい効果をもたらしたとでも言っておこうか」

教授はブリタニアをフェスケ家まで送り、家の中に入りはしなかったが、気さくにさよならと言った。病院見学については触れなかった。きっと後悔しているんだわ。自分の部屋に戻りながら、ブリタニアはそう思った。

着替えてから紅茶を飲みにリビングルームへ行くと、客がいた。中年の夫婦とその娘と息子だった。長期休暇で、どこか遠くから訪ねてきたらしい。ブリタニアはすぐに、その息子とジョーンが意気投合しているのがわかり、娘のほうと仲よく話をした。

車に乗って帰る客を見送ると、ジョーンがうれしそうに言った。「私たち、明日外出するの。かまわないかしら、ブリタニア？　つまり、置いていってもいい？　ここにはあと五日しかいないから……」

「五日もあれば十分よ」ブリタニアは言った。「一瞬で恋に落ちたんでしょう？　白馬に乗った王子様と」

ジョーンは興奮と不安の入り混じった表情になった。「そうなの。ねえ、ブリタニア、どんな感じか、あなたにはきっとわからないわ！」

もちろん、ブリタニアにはわかっていた。

うれしいことに、教授とはまたすぐ会えた。翌日、朝食がすんだあと、ブリタニアに会いに来たのだ。教授はブリタニアに、アーネムへ行く準備はできているかと尋ねた。ブリタニアの胸に喜びがこみあげた。ジョーンはまる一日ディルク・デ・ヨンへと出かけることになっているので、ミセス・フェスケに昼食までなにをするのかと少し心配そうにきかれていたのだ。だが、ブリタニアはそんないきさつを少しもうかがわせない平然とした顔で答えた。「まあ、ご親切に。でも、今日だとは聞いていなかった気がするわ。あいにくあまり都合がよくなくて……」

教授は玄関ホールに立ったままブリタニアを見つめ、率直に言った。「今日はなにをするつもりだったかきいていいかい？」

「なにも」ブリタニアは思わず正直に答えてから、皮肉な言葉が返ってくるものと覚悟した。

だが、教授は穏やかに言った。「それならアーネムへ行こう。病院見学はおもしろいと思うよ。もし君の友達がデ・ヨンへとデートをするのなら、自分で楽しみを見つけたほうがいい。そうだろう？」

「彼を知っているの？　いい人みたいだけど……」

「知っているよ。そして、いい人という意味が、独身で、妻を養う能力があって、君の友達と結婚したがっているという意味なら、そのとおり、彼はいい人だ」

「そんな言い方をしなくてもいいのに。それより、あなたはこの近くに住んでいるのね？」教授はそうだとしか言わなかった。ブリタニアはため息をついた。「コートを取ってくるわ」

ミセス・フェスケはブリタニアの今日の予定を聞き、いたずらっぽいまなざしになった。

「とてもいいことだわ。きっと楽しいでしょうね。あんなすてきなお連れとなら」ロマンスのにおいをかぎつけた年配の女性特有のうれしそうな表情がその顔に浮かんでいる。ブリタニアは根っからの正直者だったので、教授に病院へ連れていってもらって、また家まで送ってもらうだけだと急いで説明した。だが、むだなことだった。ミセス・フェスケは玄関ホールまで出てきて教授に挨拶してから、楽しんでいらっしゃいと言ったのだ。

車に乗るなり、教授がなめらかな口調で言った。「彼女は僕たちがデートをすると思っているようだったな。君が同じように思っていないといいが」

「大丈夫よ」ブリタニアはわざと甘ったるい声で言ったが、内心怒りで煮えくり返っていた。「幸せな結婚をしている女性は、ほかのみんなも幸せな結婚をしてほしいと願うものなの。私たちの場合は、そんなことを願ってもらうのはばかげているけど」

「どうしてばかげているんだい？」

ブリタニアは座席に座り直した。「私たちは不つり合いだわ。そうでしょう？　育った環境も興味の対象も違うし、それに……それに……」

「年のことかい？」

「いいえ、年は関係ないわ。教会でとてもきれいな人と一緒にいたわね？」

「ああ」

「彼女も近くに住んでいるの？」

「ああ」

ブリタニアは教授を見た。「どうして私を乗せていってくれるのかわからないわ。おしゃべりを楽しむためじゃないことは確かね」

「新鮮な空気と適度な運動のためだと説明したはずだが……」

「またそれ？　いいわ、もうなにも言わないから」

教授はその言葉を無視した。「病院に着いたら、英語が話せる外科の看護師長に紹介しよう。君が見学したい病棟に案内してもらえばいい。僕の仕事は二、三時間で終わる。終わったら連絡するよ」

「だれが家であなたの世話をしているの？」

「有能な家政婦がいる」

「いつもそんな調子で命令しているんだったら、さぞ従順な家政婦なんでしょうね。私、アーネムへ行きたくなくなったわ。車をとめてくれない？　歩いて帰るから」

教授は大声で笑った。「もう十キロ近く走ったよ。それにこれは幹線道路じゃない。近くに村もない。空軍の基地を通っているんだ。今来た道を戻ることも、アーネムへ行くこともできるが、遠い……」教授は急に言葉を切って車のスピードを落とした。道路の真ん中で女性が腕を振りまわしてなにか叫んでいたのだ。教授が車をとめると、女性は泣きながら駆け寄ってきた。彼はすぐに車から降り、女性の肩をつかんでなにか言った。ブリタニアも外に出た。なにか困ったことがあったのは間違いない。女性は小さな古ぼけた家を指さし、教授がそちらへ向かった。「子供が病気だそうだ」

ブリタニアは教授についていった。なにか手伝えることがあるかもしれない。

子供は家の床に寝かされていた。女の子だ。小さな顔は血の気がなく、ろくに息をしていない。教授は膝をついて、おろおろしている母親にてきぱきと質問してからブリタニアに言った。「座って、子供を膝にのせて、頭を傾けるんだ。喉に小石をつまらせたそうだ」

ブリタニアが子供を膝にのせて頭を傾けると、教授はすばやく子供の口に指を入れた。

「ボールペンを持っているか？」ポケットからペンナイフを取り出しながら尋ねる。

「バッグの外側のポケットに入っているわ」

教授はボールペンを見つけて縦に裂き、それをブリタニアに渡した。即席の気管チューブにするのだ。

「子供の頭を押さえて、僕が合図したらチューブを渡してくれ」教授はナイフを開いた。数秒で即席のチューブが差しこまれ、肺に空気が入って、子供の顔にかすかな赤みが戻ってきた。「車に運ぼう」彼はブリタニアの膝から子供を抱きあげた。そして、ブリタニアが先に車に駆け戻ると、その膝の上に子供を下ろした。「チューブがずれないようにしっかり固定していてくれ。病院へ連れていく」

ブリタニアはかすかに青ざめたが、それでもしっかりした声ではいと返事をした。教授はまだ泣いている母親を車に乗せ、携帯電話を取りあげて病院に連絡してから、子供のようすを見て運転席に座り、車を猛スピードで走らせた。ブリタニアは細いプラスチックのチューブをしっかりと固定して、アーネムがそれほど遠くではないことを神に感謝した。あたりは郊外の風景になり、車は交通量の多い通りから病院の中庭に乗り入れた。

白衣を着た二人の若い医師、険しい顔立ちの看護師長、それに付添看護師が待っていた。教授はすばやく車から降り、車の前をまわって子供の上にかがみこんだ。二人の医師がブリタニアの両側に来た。おおいのかかったトレイを持った看護師長が教授のすぐうしろにつく。教授はすばやくボールペンを抜いて気管切開チューブを差しこみ、テープでしっかりとめた。教授が指示すると、二人の医師が吸込管を使いはじめた。数分で子供の顔色はほぼ正常になり、呼吸をするたびに気管切開チューブからひゅうひゅうという音が聞こえた。教授はまたなにか言って、ブリタニアの膝から子供を抱きあげた。数秒後には、彼女は一人取り残され、ストレッチャーと教授と医師たちが病院の中に消えるのを見守っていた。

一時間ほどたったとき、雑用係が来て運転席に乗りこみ、ブリタニアに気づいて驚いた顔をした。ブリタニアはこんにちはと言ってから、彼が英語を話せますようにと祈りながら尋ねた。「教授は長くかかりそう？」どうも通じないようだ。そこで今度はオランダ語で尋ねてみた。

雑用係はしばらく考えてから片言の英語で答えた。「ええ、長く」

もちろん、私のことなんて忘れているんだわ。ブリタニアは雑用係にほほえみかけて車を降り、病院の裏に運ばれていくのを見送った。病院の中に入り、教授がどこにいて、どのくらいかかるかきいてみようか。でも、仕事中にじゃまされたらいやだろう。彼女はゆっくりと病院の門を抜け、来た道を戻りはじめた。そのうち警官を見つけて、バスの停留所の場所を教えてもらえるだろう。

あいにく、警官の姿はどこにも見当たらなかった。だが、ついに警官を見つけて、ききたいことをきくと、ブリタニアはまた歩きだした。フンデルロー行きのバスの停留所への道順を頭の中で繰り返しながら。しばらくしてようやくバスに乗ったものの、停留所から家までは二キロ近くある。あたりは急速に暮れていく。まだ昼食も食べていなかったと気づいたが、居心地のいいリビングルームとミセス・フェスケが毎晩作ってくれるごちそうを思い出して元気を出した。

バスはゆっくりと進み、乗客が降りたい場所でとまった。ようやく停留所に着き、ブリタニアはバスを降りた。数歩進んだところで、道路わきに立っている教授の姿が目に入った。横にロールスロイスがとまっている。彼は一言も言わずにブリタニアの腕を取ると、車に向かった。「なんて面倒な女性なんだ。僕が国じゅう君をさがしてまわる以外にすることがないとでも思ってるのか！」

暮れかけていたせいで、教授の顔はよく見えなかった。「自分の面倒は自分でみられるわ。雑用係が車を取りに来たから、どうしていいかわからなくなったのよ。あなたは病院に残るつもりだと思ったし。あの子は大丈夫だった？」

「ああ」教授は彼女の腕を軽く揺すった。「僕が君をほうっておくとでも思ったのかい？ばかな！」

二人は車に乗りこんだ。「ばかじゃないわ。あなたにはほかに考えなければならないことがあったでしょ」ブリタニアは彼にほほえみかけた。「私のことまで気にかけなければならない理由はないわ」

「理由はある」教授は歯ぎしりしながら言ってから、いつもの冷ややかな口調に戻った。「だが、今は言わない」彼はそれ以上なにも言わずに車を出した。

フェスケ夫妻は本当にいい人たちだと、ベッドに入りながらブリタニアは思った。二人は教授に飲み物を勧め、ブリタニアに同情して、言葉が通じないから大変だったはずだと慰めた。教授は三十分ほど礼儀正しい会話をして帰っていった。もっとも、ブリタニアには無作法で、彼女が礼を言ったのに、軽く肩をすくめただけだった。そういえば、彼は私に一言もお礼を言わなかったわ。やっぱり傲慢(ごうまん)で癇癪持ちで、今まで会った中で最低の男性よ。それなのに、こんなに愛しているなんて。でも、今度会ったら八つ裂きにしてやるわ。ブリタニアは彼を冷たく無視する筋書きをあれこれ練りはじめたが、いつのまにか眠りに落ちていた。

4

　教授は翌日の午後に再び現れた。ブリタニアは彼を冷たく無視するつもりだったことをほとんど忘れていた。ジョーンは朝食後すぐに外出したので、ブリタニアはミセス・フェスケと午前中にショッピングに出かけた。二人で昼食を食べてから帰宅すると、厚手のセーターの上にミセス・フェスケから借りた古いアノラックを着て、自転車を出しに行った。

　雲行きが怪しくなっていたが、別にかまわなかった。教授の家を見つけ出したかったし、彼を無視しようと決めたにもかかわらず、また会いたくなっていたからだ。だから、向こうから歩いてくる教授の姿を見たとたん、気持ちが舞いあがった。ブリタニアはガレージの前で自転車を支え、近づいてくる彼を見つめた。自信に満ちていて、すばらしくハンサムで……。

「もう一度病院に連れていってあげようと思ってね」教授が言った。

　自転車をほうり出してイエスと言いたいのはやまやまだったが、ブリタニアはウールの手袋をはめた手で自転車のハンドルをしっかり握り、わざと丁寧に言い返した。「まあ、ご親切に。でも、ごらんのとおり、私はこれから自転車で出かけるの」

教授はそれを受け流して自転車を奪うと、ガレージの壁にもたせかけてブリタニアの腕を取った。「サイクリングには寒すぎる。フィンケ看護師にはもう君が行くことを伝えてあるんだ」

ブリタニアは彼を見あげた。「ちょっと強引じゃないかしら」

教授はにやりとした。「僕は強引だし、よくどなるし、いやみで気むずかしくて癇癪持ちで……あとはなんだったかな。君に何度も言われているのに忘れたよ。君みたいにお説教する人は初めてだ」

ブリタニアは大きな茶色の瞳でひたと教授を見つめた。「あら、そんなつもりはなかったのに。本当よ。あなたはすばらしい外科医で……」

「そんなのは何千人もいる。ブリタニア、昨日は悪かった。君がどこにいるかわからなくて腹を立てていたんだ。君をほうっておいた自分にもね。昨日のことは水に流して、一緒に来てくれ」

「でも、私、ちゃんとした服装じゃないから……」そう言いながら、ブリタニアは半ばその気になっていた。

「いつもと変わらないよ」教授は請け合った。そして、それがほめ言葉なのかどうかブリタニアが判断しようとしている隙に、彼女の腕を引っぱって、とめてある車の方にさっさと連れていった。

今回はアーネムまでのドライブをじゃまするものはなく、教授はくつろいでおしゃべりした。ブリタニアは彼の新しい一面を垣間見た気がした。彼がこんなに楽しい連れになるとは思ってもみなかった。もちろん、この状態が長続きするわけがない。遅かれ早かれ、彼は怒りだすのだ。それにしても、しかめっ面をされようと、冷たいブルーの瞳でにらまれようと、こんなにだれかを愛せるなんて驚くべきことだわ……。

「もう一度言うよ」もの思いにふけって話を聞き逃したブリタニアに、いかに自分が忍耐強いかを示すように教授が言った。「たぶん、四時までには僕の仕事は終わるだろう。そうしたら、フィンケ看護師に連絡するよ」

つくづく尊大な人だと、ブリタニアは思った。でも、この性格は直せるわ。彼女は従順に言った。「わかったわ」

フィンケ看護師は長身の痩せた女性で、度の強い眼鏡をかけていた。鋭い目とすばらしいほほえみの持ち主で、英語は申し分ない。彼女は病棟を案内してまわり、最後は小児病棟に行って、教授が命を救った少女ティネケをブリタニアに会わせた。気管支が治ったら回復室に移り、それから退院するという。

少女のところにいるときに、昨日病院の前で待機していた医師の一人がやってきた。若くて、背が高くて、ハンサムなその医師は、トム・ファン・エッセントと名乗った。「もちろん、あなたのことは覚えています。あなたがいてとても助かったと教授が言っていました。あなたがいなければ、この子は死んでいたでしょう。あとどのぐらいオランダにいるんですか？」

「三日ほどです」ブリタニアはほほえんだ。教授と一緒に働いているというだけでこの医師に好感を持てそうな気がした。

「忙しくなければ、今度、夕食を一緒にどうでしょう？」

「ええ、ありがとう。電話をくださる？」ブリタニアはフェスケ家の電話番号を教えた。そのときフィンケ看護師が電話に呼び出され、教授があと五分で来ると伝えたので、ブリタニアはフィンケ看護師とトムにはさまれる格好で玄関ホールに向かった。玄関ホールで楽しくおしゃべりしているところに教授がやってきた。彼は陽気に会話に加わってから、二人に別れの挨拶をし、ブリタニアに向かって帰る支度はできたのかと不機嫌に尋ねると、さっさと病院を出た。ブリタニアは早足でついていかなくてはならなかった。

病院から去る車の中で教授が尋ねた。「見学はおもしろかったかい？　ファン・エッセントが一緒だったんだな」無頓着な言い方だが、彼がなんとなくいらいらしているのをブリタニアは感じ取った。

「小児病棟にいるときに彼が来たの。それで玄関ホールまで送ってくれたのよ。フィンケ看護師もこのすばらしい病院も気に入ったわ。それに、ティネケが人形と遊んでいるのを見てうれしかった」彼女は教授の方を向いた。「あの子を見るたびにうれしくならない？」

教授は車を次々に追い越しながら、穏やかな声で答えた。「僕には君のような若々しい情熱はないと思うよ」

「いいえ、あるわ。そうでなければ外科医を続けていないでしょう。とっくに引退しているはずよ」

教授はしぶしぶ唇の端に笑みを浮かべた。「君の説にはうなずかざるをえないだろうな。ファン・エッセントのことは気に入ったかい？」

「ええ。若いけど」

「どういう意味かな？」

「弟みたいな気がしたの」

「ああ、君には弟がいるんだね。妹は？」

「いないわ。兄と弟が一人ずついるだけよ」

「ご両親は？」

「いるわ」なんてあれこれ質問するのかしら！「あなたは？」

「関心を持ってくれてうれしいが、君が関心を持つようなことはなにもないよ」

「不公平だわ」ブリタニアは言い返した。「まだなにか私にきくのなら、嘘をつくわよ」

「嘘かどうかはすぐにわかると思うが。フィンケ看護師は君にコーヒーを出したかい？」

「いいえ。見学が終わったときに誘ってくれたけど、時間がなかったの。あなたから連絡があったから」

「もう少し時間を見はからえばよかったな」車は町を出て、静かな道をスピードを出して走っていた。ティネケが住んでいる家を過ぎ、基地を過ぎる。村に着く手前の十字路で、教授は直進せずに、ブリタニアがミスター・フェスケに連れられて乗馬をしに行った道に入った。

「道が違うわ」ブリタニアは指摘した。

「僕の家に行くんだ。僕の配慮が足りなくて君が飲めなかったコーヒーを飲んでもらいたい」教授は車の速度を落とし、煉瓦(れんが)の門の中へ車を進めた。「あるいは紅茶でもいいが。君たちイギリス人は紅茶を何リットルも飲むからね」

「だから私たちはこんなに性格がいいのよ。あなたの家を見るのが楽しみだわ」

「前にもそう言ったね」教授はあまり乗り気ではなさそうに言ったが、ブリタニアは気にしなかった。ようやく望みがかなうのだ。

「ねえ、ここは人のお宅の庭よ」彼女は言った。「ここを通らないといけないの？」

「もちろん。僕の家の庭だからね」

ブリタニアは驚いて無言のまま窓の外を眺めた。砂利道が木々の間をくねくねと続いていた。陰鬱(いんうつ)な曇り空の午後で、まもなく暮れるところだったが、切妻屋根と煙突がくっきりと見えた。塀の向こう側から見て想像したとおり、美しい屋敷だった。それほど広大ではないが、整然と並んだ窓は大きく、中に広い部屋があることをうかがわせる。建物の両翼は赤煉瓦造りの一階建てだ。背後は林になっている。両側の広い芝生の向こうにも、家の正面にある大庭園を小さくした庭園が見えた。

「まあ」ブリタニアはようやく言葉を発した。「前に教えてくれてもよかったのに」

「わざわざ教える理由はないと思うが」

「でも、この前ここを見せに来たとき……あなたは屋敷がもっとよく見える場所があるって言ったわ……」

「それも君に教える理由になるとは思わない」教授は平然と言った。「とにかく、君のことだから、いつかは自分で調べあげただろう」

「ええ、もちろんよ。だって、だれが住んでいるのか知りたかったんですもの。でも、あなたは不親切だわ。まるで、とんでもない詮索好きだって言われているみたい」

「そう思ったら、君をここに連れてきて、お茶を出そうなんて思わないよ」教授は家の前の車寄せに車をとめ、ブリタニアの方を向いた。「君の意見は？」

ブリタニアはまっすぐ彼を見つめ、真顔で言った。「なぜ私をお茶に誘ってくれたのか考えているの」

教授は身を乗り出して彼女のシートベルトをはずし、いきなり激しいキスをした。「たぶん、もっとよく君を知りたくなったからだろう」彼はぶっきらぼうに言うと、車から降りた。

ブリタニアも車から出た。とんでもなく幸せで、興奮していて、完全に途方にくれていたが、それを表に出さないように努めながら、教授と並んでドアに向かう。六段の階段をのぼると、ずんぐりとした陽気な顔の男性がドアを開け、教授を笑顔で迎えてから、ブリタニアにうれしそうにほほえみかけた。まだ歓喜の靄(もや)に包まれていた彼女は、輝くような笑みを返した。

ガラス張りの玄関ホールはそのまま廊下に通じていて、両側にいくつものドアが並び、奥には枝分かれした階段があった。タイルの床には高価な敷物が敷かれ、重厚なサイドテーブルの上の大きな花瓶には花がたっぷり生けてある。ブリタニアは興味を隠そうともせずに周囲を見まわし、ここに父親もいればいいのにと思った。大理石の天板の整理だんす、その上に飾ってある金めっきの見事な時計、頭上の美しいシャンデリア、壁に沿って置かれたウィリアム・アンド・メアリー様式の肘掛け椅子……。

ブリタニアはもっと宝物があるかしらとわくわくしながら、教授が案内した部屋に入っていった。期待は裏切られなかった。明るく広い部屋で、大きな窓に赤紫色のベルベットのカーテンがかかり、磨きあげられた木の床には柔らかな敷物が敷いてあった。だが、それ以上眺めまわす暇はなかった。炎が赤々と燃えている大きな大理石の暖炉の両側に、二人の女性が座っていたのだ。一人はかなり厳格そうな六十代くらいの女性で、もう一人は教会で教授と一緒にいた若く美しい女性だった。

ブリタニアの喜びは一瞬で消えた。こちらを見て、年配の女性は考えこむような表情を浮かべ、若い女性は嘲(あざけ)るような笑みを浮かべたので、ブリタニアは自分のアノラックとスラックスと実用的な靴をいやというほど意識した。喜びに代わって、こんな場違いな思いをさせられたことへの怒りがわきあがった。教授はわざとやったに違いない。ブリタニアがそう思ったとき、教授がなめらかな口調で言った。「お母さん、こちらがブリタニア・スミスです。彼女がいなかったら、昨日話した子供の命を救うことはできなかったでしょう。ブリタニア、僕の母だ」

ブリタニアは教授の母親と握手をした。厳格そうに見えたものの、笑顔は魅力的だった。こちらを見つめるブルーの瞳は教授とそっくりだ。自分を受け入れてもらえたことがわかり、ブリタニアは自然にほほえみ返していた。

「そして、マデレイネ・デ・フェンズ。君たちは教会で会っているね」

二人は儀礼的に笑みを交わし合った。マデレイネは鮮やかなブルーの瞳で冷ややかにブリタニアを眺めまわし、甘ったるい声で言った。「ええ。あなた、巻き毛のかわいい女性と一緒に座っていたわね」

その瞬間、ブリタニアはマデレイネが大嫌いになった。私は大柄でかわいくないと言いたいわけね。投げつけてやりたい辛辣な言葉がいくつか浮かんだが、穏やかに言った。「彼女、かわいいでしょう? 昔からの友達なの」自制心の強さにかけては表彰状ものだと思いながらも、ブリタニアは骨の髄まで凍らすほどの冷たい視線で教授をにらんだ。もっとも、彼はそれに気づいていないようだったが。

教授は家の主人にふさわしい口調で言った。「お茶に戻ってきたんですよ、お母さん。ここに運ぶように言っておきました」そして、ブリタニアにアノラックを脱ぐように促した。

不運なことに、ブリタニアはたまたま、何年も冬のふだん着にしてきたブルーの分厚いセーターを着ていた。これを持っていくように勧めた母親に、彼女は内心文句を言った。だぶだぶのセーターは、マデレイネが着ている細身のカシミアのセーターの前ではいつも以上に大きく見えた。でも、マデレイネは鉛筆みたいにがりがりだと、ブリタニアは意地悪く考えた。やがて紅茶が運ばれてくると、ますますマデレイネに好感が持てなくなった。マデレイネはミルクを入れずに小さなカップで紅茶を飲み、添えられた軽食にまったく口をつけなかったのだ。

ブリタニアは、お茶に呼ばれたからには存分に味わうべきだと自分に言い聞かせ、教授が勧めた小さなサンドイッチとおいしいケーキとビスケットを食べ、彼の母親とたわいのない会話を楽しんだ。だが、教授にはよそよそしく接した。マデレイネはブリタニアを無視して、教授にだけオランダ語で話しかけた。すると、教授が穏やかに言った。「英語で話さないか、マデレイネ。ブリタニアはオランダ語がわからないんだ」

マデレイネは笑った。それも実にかわいらしく。「ダーリン・ヤーケ、ごめんなさい。あなたが喜ぶのなら、私がなんでもすることは知ってるでしょ」

ブリタニアは教授を見ていたが、彼は表情一つ変えなかった。といっても、いつものことだ。一つわかったことがある。彼はヤーケと呼ばれているのだ。とてもいい名前だ。ブリタニアはその発見に満足して、陶器を話題にすることにした。教授の母親のそばのテーブルには美しい陶製の鉢が置かれていた。ウェースプ名産の陶器だ。ブリタニアがそれを見ていることに気づいた教授の母親が、鉢について話しはじめた。話題はそれからアンティークに移った。

やがてブリタニアは腕時計を見て、心から残念だと思いながらも、もうおいとましなければと言った。マデレイネと話していた教授がこちらを見たので、ブリタニアはごく自然に続けた。「遠くないから歩いて帰れるわ」

「もう暗い」教授が即座に指摘した。

「月が出ているわ」ブリタニアは言い返した。「それに私、暗い中を歩くのが好きなの」

教授はブリタニアの言葉を無視して立ちあがった。

マデレイネが顔をしかめるのを見て、ブリタニアは彼女に話しかけた。「教授とのお話をじゃましてごめんなさいね、ミス・デ・フェンズ。でも、数分しかかかりませんから」そして嘘をついた。「またお目にかかれるといいんですけど」

だが、ブリタニアは教授の母親には同じ言葉をかけなかった。教授の気まぐれで訪問することになったのだから、またこの家に来る機会があるとは思えない。それでも、ブリタニアは別れの挨拶をしながら、少なくとも望みはかなったと思った。興味津々だったこの家の中を見られたのだし、教授がどこに住んでいるかもわかったのだ。教授が差し出すアノラックを着て車のところまで行くと、彼がドアを開けてくれたので、ブリタニアはなにも言わずに乗りこんだ。短いドライブの間も、なに一つ言うことを思いつかなかった。

教授がフェスケ家の前で車をとめてドアを開けようとしたとき、我ながら驚いたことに、ブリタニアはさよならを言うかわりに尋ねた。「彼女と結婚するの？」

次の瞬間、なんてばかなことをきいたのかと後悔した。冷たくあしらわれるか、無視されるかのどちらかに決まっているのに。

しかし、そのどちらでもなかった。教授はきっぱりと言った。「いや、彼女とは結婚しない。一度は考えたことがあるかもしれないが、今はまったく考えていない。どうしてだかわかるかい、ミス・ブリタニア・スミス？　それは君のせいだ。理由は僕にもわからない。君は僕に説教し、非難し、僕が自分勝手で癇癪持ちだということを絶えず思い出させる。それに、僕の家を見たからには、おそらく全財産を慈善事業に寄付するように僕を説得しようとするだろう。それでも、君がいないと自分の人生も心もむなしいことに、僕は気がついてしまったんだ」

ブリタニアは心臓が喉元までせりあがり、息ができなくなりそうだった。「でも」彼女は落ち着いた口調で言った。「あなたはそう言うけど、あなたの言うこととすることはぜんぜん一致してないわ。好意を持っている女性を家に連れていって、自分の母親と、自分と結婚したがっている女性に会わせるときには、少なくとも髪を直す時間くらいはくれるものよ。私はひどい格好をしていたのよ。あなただってそう思ったでしょ」

教授は真顔で言った。「君はとてもきれいに見えたよ。それに、今も言ったとおり、僕はマデレイネと結婚するつもりはない」

「ええ、そうでしょうね。でも、彼女は納得しないと思うわ」ブリタニアは夕暮れの寒さの中でかすかに身を震わせた。「ねえ、彼女はあなたにお似合いよ。あなたと同じような育ちで、たぶん、ずっと前からの知り合いなんでしょうね。彼女なら、あなたのためにあのすばらしい家を取り仕切って、あなたのお客をもてなして、女主人にふさわしい装いをするんじゃないかしら。きれいだし、すらりとしていて、優雅で……」

教授はブリタニアの腕をつかんだ。「なにをばかなことを。だれがすらりとした女性なんか求めているというんだ。僕は女らしい豊かな曲線を持った女性が好きだ。それに君だって、僕の客をもてなして、家を取り仕切って、君の言う女主人にふさわしい装いをすればいいじゃないか」

自分の腕をつかんでいる教授の手を痛いほど意識しながら、ブリタニアはゆっくりとかぶりを振り、静かな声で言った。それが自分の夢を壊すことになるのはわかっていたが。「私、またあなたに会えればいいと思っていたの。あなたに好かれていないのはわかっていたけれど、それならそれできちんと確かめたかったのよ。あなたは私に、自分はお金持ちだと言ったわ。覚えてる？　でも、私はそんなことは気にしなかった。あなたのすてきなお宅に行くまではね。あなたのお宅に行って、ただお金持ちだというだけじゃないってわかったの……」彼女は自分の感じたことをうまく伝える言葉をさがした。「そう、あなたはお金持ちというだけじゃないのよ。それ以上なの。そもそも暮らし方が違うのよ。あなたは先祖代々受け継がれてきたすばらしい家に住んでいるわ。セーブルの磁器でお茶を飲み、どんな美術館も飛びつくような椅子に座っている。物心ついてからずっと、銀のナイフとフォークを使って、高価な磁器に盛った料理を食べてきたのよ。私とは違うわ。あなたはマデレイネと同じように、それを当然のこととして受け入れている。だから彼女はあなたにお似合いなのよ。それがわからない？」

「わからないね」

「そんな言い方しないで、教授！」

教授がため息をついた。「ブリタニア、一方的に不毛な話を続ける前に、僕を教授と呼ぶのをやめてくれないか。僕の名前はヤーケだ」

「知っているわ。とてもすてきな名前ね。でも、もしあなたをヤーケと呼んだら、ヤーケという一人の男性として思い出してしまう。教授と呼んでいれば、あなたはこの先もお偉い教授として私の記憶に残るわ」

「一つ、はっきりさせておこう。僕は君の頭の中にただの教授として残るのはいやなんだ。僕はヤーケという名前の、少なからず君を愛している一人の男なんだよ」

「でも、私に会わなかったら、あなたはマデレイネと結婚していたでしょう」

教授はやさしくブリタニアの肩をつかんだ。「正直に言おう。なぜなら、君には正直でいたいから。君はいつも僕に正直でいてくれるからね。ああ、たぶん、僕はマデレイネと結婚していただろう。だが、彼女を愛しているからじゃない。僕はもうすぐ四十になる。だから、そろそろあの家で一緒に暮らす妻と子供を持たなければならないと思ったんだ。しかし、さっきも言ったが、君と出会ってしまった以上、ぜったいに彼女とは結婚しない」

「こういうことはいつでも起きるのよ。だれかと出会って、恋に落ちる。でも、たぶん、そんなに熱烈な恋じゃない。だから、環境が変わって会えなくなったりすると、そのうち忘れて、前と同じ生活に戻るのよ」

ブリタニアはいかにも確信しているように穏やかに話していたが、本当は自分の言っていることをこれっぽっちも信じていなかった。

「僕ともう会いたくないのかい?」教授は怒りを含んだ声で尋ねた。

ブリタニアが少し身をよじると、教授は彼女の肩をつかむ手に力をこめた。

「そうね、今週末にイギリスに戻ったら、あなたとはそれっきり二度と会わないでしょうね。もう一度だけ会ってさよならを言うのはおかしいかしら?」

「僕たちがさよならを言うとしたら、それは君のせいだぞ。なんて愚かで、頑固で、気位の高い女なんだ。僕が同情するなんて思わないでくれ」そう言うなり、教授が激しいキスをしたので、ブリタニアは足から力が抜けた。それから彼は一言も言わずに彼女を連れて玄関に向かい、ドアを開けておやすみと言うと、車に乗って去っていった。

ブリタニアは家の中に入り、うしろ手にそっとドアを閉めた。リビングルームから、笑い声と楽しそうな会話が聞こえた。私が帰ったことはだれも気づいていないはずだ。部屋で三十分ほど過ごせば立ち直れるだろう。教授を愛している彼女にとって、今のやりとりは想像以上につらかった。彼を愛しすぎてしまったと、ブリタニアは悟った。確かに彼は、少なからず私を愛していると言った。でも、それで十分なのかどうかわからない。恋は愛情と似ているけれど、長続きしないものだ。私たちは数週間前に出会ったばかりで、しかも一緒にいる時間はとても短かった。自分が彼を愛しているだけで十分だと思いたいけれど、実際はそれだけではだめなのだ。ブリタニアは静かに玄関ホールを横切って階段をのぼろうとしたが、そのときリビングルームのドアが勢いよく開いてジョーンが飛び出してきた。

「車のライトが見えたの」ジョーンが言った。「ブリタニア、自分の部屋に行くなんてだめよ。リビングルームで私たちのお祝いをしてちょうだい。私、ディルクと婚約したの。すてきだと思わない？　彼は二、三日家に帰らなければならないけど、休暇をとって六週間後に戻ってくるの。そして、私と結婚するのよ」ジョーンはブリタニアの腕をつかみ、はずむような足取りでリビングルームに引っぱっていった。リビングルームは人であふれていて、みんな口々になにか言った。ブリタニアは全員と握手し、精いっぱい楽しそうにおしゃべりした。幸い、二杯のシャンパンが役に立ってくれた。部屋に戻ったのは、夜が更けてからだった。帰宅してすぐにお祝いの長いディナーにつき合ったせいで、頭がぼんやりして、自分自身の問題について考えられなくなっていた。

翌日、朝食がすんだあと、ブリタニアは切手を買いに行くと言って外出することにした。ジョーンは家族に手紙を書いたり、電話をかけたりしていた。ブリタニアはアノラックを着て自転車を出しに行った。朝、交通量のない道を自転車で走り、自分の問題について考えたかった。

風が冷たかったのでアノラックのフードをかぶったとき、ミニが近くでとまり、教授の家でドアを開けてくれたずんぐりした男性が現れた。彼は陽気に挨拶してブリタニアに封筒を渡し、そのまま待った。表に自分の名前が書いてあり、教授からのものだとわかった。封筒を開けるブリタニアの指はかすかに震えた。短いメッセージだった。〈今夜、一緒に食事をしてくれないか。七時半に〉最後に教授のサインがあった。

「お返事をいただけますか？」辛抱強く立っている使いの男性が尋ねた。

「喜んでうかがいますと教授にお伝えください」それが最後になるのだ。断るつもりはなかった。

「身支度を整えるのに十分な時間があるように願っているとのことです」

ブリタニアはくすりと笑った。教授に会えると思っただけで、すでに気持ちがかなり明るくなっていた。問題はなにも解決していなかったが、それはあとまわしにすればいい。

「すばらしい心配りだわ。お礼を伝えていただけます？　あなたは……？」

「マリヌスでございます」彼の陽気さがブリタニアを包みこんだ。「では、失礼いたします」

「ごきげんよう、マリヌス」ブリタニアはマリヌスがミニに乗って走り去るのを見送ると、家に戻って、夕方に出かけることになったとミセス・フェスケに伝えに行った。もちろん、ブリタニアは質問攻めにあった。ジョーンにすてきな未来が開けたので、ミセス・フェスケはブリタニアにも同じことが起きればいいと思っていたのだ。

ブリタニアはなんとか考えをまとめようとしながら自転車をこいだ。教授にまた会うのは愚かなことだとわかっていた。意志の強い女性ならとっくに別れを告げているはずだ……。彼女はため息をついて自転車から降りると、煉瓦の門柱にもたせかけて、倒木に腰を下ろした。小道は薄暗く、湿っていた。葉の落ちた木々が頭上にアーチを作って冬の日差しをさえぎっている。まさにブリタニアの気分にぴったりの光景だった。帰国したら二度と教授に会わないという決心が正しいのは間違いない。ただ、受け入れるのはむずかしかった。

しばらくしてブリタニアは立ちあがり、再び自転車に乗って家に向かった。昼食までに戻って、それから夕方まで時間をつぶさなくてはならない。教授が目をとめてくれるとは思えないけれど、ピンクのドレスを着ていこう。あのドレスなら元気が出るはずだ。思い出したときに幸せになれるような夜にしようと、ブリタニアは心に決めた。彼が癇癪を起こしたり、どなったりしなければいいけれど。それにしても、あのメッセージはちょっとそっけなかった。彼女は封筒の入っているポケットを軽くたたくと、陽気に歌を口ずさみながら、今夜のことだけを考えて、その先については思い悩まないようにした。

5

ブリタニアは念入りにドレスアップした。ギロチン台に向かうときでさえ気高く見える貴族にも引けをとらないようにしようと、細かい点にも気を配った。実際、まるでギロチン台に向かうような気分だった。これまでのところ、運命の女神は親切とは言いかねた。もしかしたら、せっかく教授と引き合わせたのに、私がぐずぐずしているから、手を引いてしまったのだろうか？

早々と準備ができてしまったので、ブリタニアは一階に行ってフェスケ夫妻とおしゃべりをした。ミスター・フェスケが予約してくれたブリタニアとジョーンの帰りの便について話している間、ミセス・フェスケが訳知り顔で見ていたが、ブリタニアは気づかないふりをした。

「帰らなければならないなんて残念だわ」ミセス・フェスケが夫の話をさえぎった。「でも、もちろん、ジョーンは六週間したらまたここに戻ってくるから、あなたも一緒に来るでしょう、ブリタニア？　こちらにお友達もできたことだし」

ブリタニアはまっすぐにミセス・フェスケを見つめた。「ええ、みなさん、いい方ばかり。でも、ジョーンは付添人なしの内輪の式を挙げるそうなので、私の手は必要ないんです。それに、私にはもう有給休暇が残っていないので」

「休暇じゃなくてもいいんじゃない？」

「ここに働きに来るってことですか？」ブリタニアは勘違いしているふりをした。「おもしろいかもしれませんけど、言葉の問題があるし……」ありがたいことに、そこへベルテがやってきて、迎えの紳士が来たと伝えた。

「入っていただいて」ミセス・フェスケがオランダ語で言いながら、客を迎えるために立ちあがった。

教授はとても魅力的で気品があった。黒いオーバーコートの前を開けているので、ディナージャケットと真っ白なシャツが見える。彼のそっけない挨拶に、ブリタニアは同じようにそっけなく挨拶を返し、ピンクのドレスを選んだことを神に感謝した。彼の気を引くには少し遅いが、ドレスアップしているという気がして自信が持てた。

十分ほど礼儀正しい会話を交わしてから、教授はそろそろ出かけようと言って立ちあがった。ブリタニアはコートを取りに行った。教授がコートを着せかけてくれたので、一瞬、実用的なツイードではなく、ミンクかチンチラだったらよかったのにと思った。どちらにしても、たいして違いはないだろうが。

しかし教授は、それほど鈍感なわけではなかった。玄関を出てドアを閉めると、驚くほど熱っぽくブリタニアにキスをして言ったのだ。「文句は言わないでくれよ。そんなピンクのドレスを着ていたら、当然こうなることはわかっているべきだからね。きれいだよ、ブリタニア」

出だしは上々だわ。ブリタニアは今夜をできるだけ楽しもうと決めて車に乗った。マデレイネはこれから一生楽しめるのだから、私が教授と数時間楽しんでも、恨んだりはしないだろう。教授は否定していたけれど、マデレイネはなんとしても彼と結婚しようとするはずだ。

教授が車に乗りこむのを待って、ブリタニアは礼を言った。

「君がくすくす笑ったりしないのがありがたいよ」

教授はアーネムに向けて車を発進させた。「もうお説教かい？　僕のマナーが悪いから……」

「それもお世辞かしら？」

「違うわ」ブリタニアは母親のような口調でなだめた。「あなたのマナーがとてもいいことは自分でわかっているでしょう。それに、お説教をするつもりはないわ。本当よ」

「よかった。スヘルペンゼールに行くつもりなんだ。そこにいいホテルがあってね。アーネムを過ぎたところで高速道路を下りて、エデという町を抜ける。高速道路は殺風景でつまらないかな？」

「そうね。でも、場所によって違うんじゃないかしら」

教授はなめらかな口調で言った。「だったら、高速道路のことを話そうか。無難な話題だから。それとも、僕たちについて話すほうがいいかい？」

「高速道路の話がとくにおもしろいとは思わないけど、私たちについてはもうなにも話すことはないし」ブリタニアはそっけなく言った。

「またそんなことを言って。今夜、どうして僕が君を連れ出したと思っているんだい？」

ブリタニアは落ち着いた声で続けた。「お別れのディナーみたいなものだと思ったの」

教授は大声で笑った。「最後の瞬間までさよならは言わないよ、ブリタニア。それに、まだ二日ある。僕は今夜、君が結婚を承知してくれるまで説得するつもりだ」

ピンクのドレスが効果をあげているに違いない。ブリタニアは平然とした声で言った。

「時間のむだよ。わかっているでしょ」

「僕は必ず君を手に入れる」

ブリタニアは数秒だけその言葉を噛み締めて喜びにひたり、そのあと常識を取り戻した。

「道路の話をしたほうがよさそうね」彼女はすまして言った。

車は高速道路を出て、エデに向かう道に入っていた。まわりは木々の多い田園地帯だった。「それより、君の家族について話してくれ」

ブリタニアはあまり乗り気ではなかったが、教授が巧みに質問をさしはさむので、思ったよりたくさんのことを話した。もっとも、実家がどこにあるかは言わなかった。そのかわり、自分も教授に質問した。しかし、簡単な答えからはなんの情報も得られなかった。彼の母親には会ったものの、それ以外はなにも知らないのだ。結局、私になにもかも教えるつもりはないのだろう。

スヘルペンゼールのホテルのダイニングルームはこぢんまりとした魅力的な空間で、食事をする客ですでにほぼ満席だった。テーブルに案内され、椅子に座ってから、教授はブリタニアを見た。「この店にいる男性全員が君を見ていたよ。そのピンクのドレスのせいだな。実に悩ましい。この形容詞がぴったりだよ」

頬をドレスと同じピンク色に染めながら、ブリタニアは真顔で返事をした。「母はいつもそう言うわ」

「だからオランダにそのドレスを持ってきたのかい？」教授の声は穏やかだったが、おもしろがっているのがわかった。

ブリタニアは挑むように言った。「そうよ」

教授が魅力的な笑みを投げかけたので、ブリタニアは骨まで溶けそうな気がした。「希望がわいてきたな。なにを飲む？　なにか注文しよう」

そのあと、教授は当たりさわりのない会話を続けた。ブリタニアは最初こそ用心していたが、そのうち彼が自分たちのことを話すつもりがないのに気づいた。私が結婚を承知するまで説得すると言ったのは冗談だったのよ。本当ならそれを知って安心すべきなのに、彼女はがっかりした。だが、失望を抑えて教授の話に調子を合わせた。

料理はおいしかった。ブリタニアはワインを飲みながら、ロブスターのムースと若鶏(わかどり)のシャンパン蒸しとレモンシャーベットを平らげた。ワインはボルドー産の赤ワイン、クラレットで、ワインのことをあまり知らないブリタニアにも高級品だとわかった。食事がすんで、コーヒーを飲んでいるとき、彼女は唐突に尋ねた。「お宅に犬はいるのかしら?」

「ああ、二匹いる。この前はキッチンにいたから見られなかったね。どうしてだい?」

「あなたのことをなにか知りたいの」

「結婚したらいくらでも僕を知るチャンスはあるさ」教授はそう言ってほほえんだ。冗談を言っているのだとブリタニアは思った。

「種類はなあに?」彼と同じように軽い気持ちでいることを示そうと、ブリタニアもほほえみ返した。

「ブーヴィエ犬とコーギー犬だ。名前はヤーソンとウィリー。最高の友だよ」教授はほほえみを浮かべたままつけ加えた。「家政婦は猫を一匹飼っているし、庭師の子供たちは兎(うさぎ)と亀(かめ)を飼っている」

「庭師はどこに住んでいるの?　自転車で行ったとき、塀のそばに小さくてきれいな家が見えたけど……」

教授はうなずいた。「そこだよ。うちにはほかに執事のマリヌスと妻のエミーがいる。エミーは家政婦だ。それからメイドが二人と、通いの洗濯係がいる」

ブリタニアは目をまるくした。「洗濯係ですって？　中世みたい！　カーテンまで全部洗濯するんじゃないでしょうね」

「まさか、着るものだけだ。洗濯係以外の者には僕のシャツにアイロンをかけさせない」

「封建的ね！」

教授はからかうようににやりとした。「僕のやり方を認めないのかい？　君が認めないことはたくさんあるんだろうな。でも、とてもフェアなんだ。洗濯係のセリネは僕のシャツにアイロンをかけてくれる。でも、彼女が病気のときは僕が面倒をみる」

確かにフェアだと認めざるをえない。

教授は甘い口調でつけ加えた。「これでも僕はかなりいい人なんだよ」

「ロンドンではそうは言わなかったわ。お金持ちで、隠遁者のような生活を送っていて、だれの機嫌もとる必要がないと言ったじゃないの」

「ああ、まず僕のいちばん悪いところを知ってもらいたかったからね」

それを聞いてブリタニアは笑った。

教授はそれ以上言わず、近くにあるスヘルペンゼールの城について話しはじめた。「ボス・ロヤールトス・ファン・スヘルペンゼールという印象的な名前の一族の城なんだ。ネオゴシック様式で、すばらしい建築だよ」

「あなたのお宅ほどじゃないと思うわ。あなたの家はなんて呼ばれているの？」

「ハイス・ファン・ティーンだ」

「あの家について少し教えてくれる？」

教授は自分のカップにコーヒーをつぎ足した。「いちばん古い部分は十三世紀に建てられて、正面部分は十八世紀に増築された。うしろにある円塔は十五世紀。それぞれの部屋に家具があるが、僕たちが主に使っているのは一階のリビングルームだ」

「僕たちって？」

「まるで受け持ちの生徒に質問する学校の先生みたいだな！　僕と母と三人の妹だよ。母がこっちにいるときと、妹たちが来たときに使っている」

「三人の妹ですって？」ブリタニアは驚いてきき返した。「あなたは長男なのね」

「ああ、そうだ」教授は穏やかに言った。「僕はいちばん新しい部分が気に入っている。十八世紀に増築したところで、大きな窓から光がよく入るんだ。今度は君の家のことを聞かせてくれ、ブリタニア」

それまでさんざん質問したので、答えないわけにはいかなかった。「ジョージ王朝後期の様式の小さな家よ。石造りで、屋根はスレート。かなり広い庭があって、今にも崩れそうな納屋が立っているわ。家のまわりは森が多くて、夏でもとてものどかよ。観光客は、道に迷ったとき以外は家の近くまで来ないの。村はとても小さいから、ホテルは一軒もなくて、あるのはパブだけよ」

「イギリスのパブはいいね」教授がもの憂げに言った。「パブの名前は？」

「〈ハッピー・リターン〉よ」答えるつもりはなかったが、よくある名前だし、心配する必要はないように思えた。私が帰国しても、彼が追ってきたりすることはないだろう。別れたら、オランダでの出来事はすべて、楽しかったけれど取るに足りない余興だったと彼にもわかるはずだ。

二人はコーヒーを飲みおえると、別のルートで帰った。フェルウェを通るかなり遠まわりのコースだったが、教授が言ったように、バルネフェルトに入ると魅力的な光景が眼前に広がった。教授によれば、国立公園を抜けるコースは昼間はとても美しいという。フェスケ家に着いたのは真夜中を過ぎていた。あたりは真っ暗で、玄関ホールの窓から明かりがもれていた。教授は車を降り、助手席側のドアを開けてくれた。「鍵を持っているかい？」

「ええ」ブリタニアは鍵を渡し、教授が鍵を開けた。「すてきな夜をありがとう。とても楽しかったわ」

教授はドアを開けなかった。「僕たちはすてきな夜をこれからも楽しむことができるんだよ、ブリタニア」

玄関ホールからもれるぼんやりとした光を受けて自分がどんなに美しく見えるか、ブリタニアは知らなかった。彼女は教授を見つめた。「やめて、ヤーケ……あなたは一時的に私に夢中になっているだけなのよ」

教授の顔が曇った。「またお説教か。どうしてそんなことを言うのかわからないな。僕がなにを望み、なにを考えているか、どうして君にわかるんだ？　僕にこれをしろ、あれをするなと命令するなんて、いったい何様のつもりだい？　君はいつも自分がだれよりもよくものを知っていると思いこんで、僕を一方的に攻撃する。だから僕は癇癪を起こすんだ」そこで教授はドアを大きく開けた。「どうぞ」

低い声だったが、ブリタニアはどなられた気がした。家の中に入ると、うしろでドアの閉まる音がした。歩きだしたとき、ドアのノッカーが強くたたかれたので、彼女は駆け戻ってドアを開けた。

「大きな音をたてないで！」ブリタニアは教授をたしなめた。「みんなを起こしちゃうわ。こんな遅い時間なのに……」

「もうなにも言わない」教授が静かに言った。「忘れていたことが一つある」

教授はブリタニアを抱き寄せ、ゆっくりとキスをしてから、彼女にまわした腕を少しゆるめた。

「明日僕と食事してくれないか、ブリタニア?」ブリタニアがためらっていると、彼は続けた。「君はあさって帰国してしまう。僕はそれまで行儀よくふるまうよ。それから僕たちはきちんとさよならを言い合う」

その声はやさしかったが、ブリタニアは笑われているような気がした。だが、目を上げると、教授は真顔だった。断るのはむずかしかったし、断りたくもなかった。ブリタニアが無言でうなずくと、教授はまたキスをした。今度はやさしいキスだった。そして、そっと玄関ホールに促して、ドアを閉めた。数秒後、車がすべるように走りだす音が聞こえた。

翌日、ブリタニアがまた教授と出かけると聞いて、ミセス・フェスケは満足そうにほほえんだ。〝やっぱりね〟とは言わなかったが、そう考えているのは明らかだった。ミセス・フェスケの目には二組の結婚式の光景が見えているようだ。ブリタニアはミセス・フエスケとアペルドールンに出かけてショッピングを楽しんだ。家に帰ってくると、ちょうどディルクと出かけていたジョーンが興奮して戻ってきた。ジョーンは新しい婚約指輪を見せびらかし、お茶の時間はその指輪と結婚式とウエディングドレスの話で持ちきりだった。だからブリタニアが部屋に戻って着替えをすると言ったときも、ジョーンはほとんど聞いていなかった。

一階に下りていくと、ベルテが教授を出迎えたところだった。ブリタニアは彼に近づきながら、もったいをつけずに率直に言った。「同じドレスでいやじゃなければいいけど。

ドレスはこれしか持ってこなかったの。だって……」彼女は言葉を切った。どうしてこのドレスを買ったかを思い出したのだ。

「なぜそのドレスを持ってきたんだい？」教授が尋ねた。

ブリタニアは教授に嘘をつきたくなかった。「ばかな理由なんだけど」彼女は教授を見あげた。「もしかしてあなたとまた会えるんじゃないかと思ったの。そのときに、なにかすてきなドレスを着たかったのよ。あなたが私に気がつくように」そして、真剣な顔でつけ加えた。「もちろん、あなたの家のことや、あなたのマデレイネのことを知らなかったから……」

「僕のマデレイネじゃない。それに、たとえ君が古い麻袋を着ていたとしても、僕は君に気がついたと思うよ、ブリタニア」

ブリタニアは恥ずかしそうにほほえんだ。「あら……あなたがそんな気持ちでいるなんて知らなかったから。そうでしょう？」

「ああ。本当に明日帰るのかい、ブリタニア？」

「ええ」ブリタニアはコートをはおったが、教授が陽気な口調で続けたので、かなり傷ついた。

「それなら、さっさと出かけよう」

ミセス・フェスケが顔を輝かせて二人を見送った。電話でディルクと話していたジョーンが手を振って、いってらっしゃいと言った。

車に乗ると、教授が皮肉っぽく言った。「ミセス・フェスケのロマンチックな見通しを君がかなえてあげようとしないのは残念だな。そのつもりなら、階段から駆けおりてきて、僕の腕に飛びこむことだってできたのに。そのかわり、君ときたら、またそのドレスを着た言い訳をするんだからね。そのドレスのどこが悪いんだい？」

ブリタニアはあわてて言った。「どこも悪くないわ。でも、二晩続けて同じ服を着るなんて、あまりしないでしょう」

教授は車をアペルドールンの方角に向けた。「どうして？　僕は何晩も続けて同じディナージャケットを着るよ」

ブリタニアは笑った。「それとは違うわよ」本当はあなたの腕の中に飛びこみたくてたまらなかったとは言わなかった。「でも、あなたに会えてうれしいわ」それから、教授がなにか言う前に急いで尋ねた。「今日は忙しかったの？」

「かなりね……」教授は診療について話しはじめ、フンデルローを抜けてから、話題を変えた。「今夜はアペルドールンには行かない。アメルスホールトにいいレストランがあるんだ。今夜は遠出をしないほうがいいと思ってね。君は荷造りをしないといけないだろう？」

それを聞いて、ブリタニアはがっかりした。必要なら十分で荷造りできる。別に明日でもいいのだ……。

レストランに着くと、教授の〝いいレストラン〟という説明がかなり控えめなものだったとわかった。とてもすばらしいレストランで、選ぶのに困るほどメニューが多かった。ブリタニアは食前酒を飲みながらメニューを見て、教授に選んでもらうことにした。「このメニューの半分もわからないわ。育った環境が違うと私が言った意味がわかるでしょう。〝ル・ラーブル・ドゥ・リエヴル〟がなんなのかわからない妻を持つことを想像してみて。兎の肉だということはわかるけど、それ以上はわからないわ」彼女は考えこむような顔でつけ加えた。「とにかく、兎は遠慮するわね。野原で駆けまわっているのを見るほうがいいもの」

教授はテーブルごしにブリタニアにほほえみかけた。「僕もだ。それに、僕がいつも一緒にいれば、君がメニューを読めなくても問題はないんじゃないかな?」

ブリタニアはかぶりを振った。「そんな単純なことじゃないわ。わかってるくせに」

教授はそれに応(こた)えず、またほほえんでメニューに目を落とした。「ここのオードブルはなかなかいけるから、まずそれから始めよう。鱒(ます)はどうだい? それと、シャンパンにしよう。特別な夜なんだから」

教授の言ったとおり、すばらしい料理だったが、ブリタニアは味わうどころではなかった。彼は〝特別な夜〟と言った。まるでなにかを祝うかのように。彼の陽気なおしゃべりに合わせるのも大変だったが、幸いシャンパンのおかげで、デザートのワゴンが運ばれてくるころには、かなりリラックスしていた。そして、教授が勧めたミルフィーユを堪能し、彼に二度と会えなくなるという事実をしばらく忘れることができた。

教授はコーヒーを飲みながら、ブリタニアの帰国について話しはじめた。

「来週は早々に仕事かい？　それとも、二、三日は実家でゆっくりする予定かな？」

シャンパンのせいでブリタニアの口は軽くなっていた。「月曜日から仕事よ。そうでなくても実家は遠いから、家に帰るのは週末まで待たなくちゃ」

「セント・ジュード病院にずっといるつもり？」

ブリタニアは教授を見ずにコーヒーをかきまぜた。「考えたこともないわ。たぶん、ずっといるつもりじゃないと思うけど」

「もちろんさ。世界は君の思いのままだ。有能な看護師はどこにだって好きなところに行ける」

そう言われると、なんだか寂しい職業のように聞こえた。病院から病院へと移って、そのたびに年をとっていくのだ。ブリタニアは自己憐憫に駆られそうになり、急いで自分を抑えた。

そのとき、教授がきびきびした声で言った。「そんなに暗い顔をすることはないさ。結婚する女性と比較して、自分がどんなに幸運か考えるんだ。家事、夫の世話、子育て、一生続く雑用……。かわいそうな妻には自分の生活がまったくないんだからね」

ブリタニアは自分の生活など欲しくなかった。だが、そんなことを言ってもなんにもならない。なぜなら、あなたと結婚するつもりはないと彼に伝えてしまったのだから。彼女は気を取り直して尋ねた。「あなたは旅をしたいと思ったことはないの?」

教授は喜んでその話題に飛びついた。

しばらくとりとめのない会話を続けてから、ブリタニアはそろそろフェスケ家に戻らなければと言った。「フェスケ夫妻は本当に親切なの。したいことをなにもかも好きなようにさせてもらったわ。すてきな休暇だった」

二人はレストランをあとにした。教授はブリタニアのために車のドアを開けようとして、ふとその手をとめて尋ねた。「思い出に残る休暇になったかい、ブリタニア?」

どんなに努力しても、ぜったいに忘れることのできない休暇になったわ。心の中でそうつぶやいてから、ブリタニアは早口で言った。「そうね、楽しい休暇だったと言うべきでしょうね」

帰りの車の中でブリタニアはたわいもないことを話しつづけた。教授は彼女の話をさえぎらなかった。家に着いたときにはブリタニアはくたくたで、怒りたいと同時に泣きそうな気分になっていた。それがなぜなのかは自分でもわからなかった。

教授の態度は非の打ちどころがなかった。また会うことについては一言も言わなかった。

どうやらブリタニアがイギリスに帰るという事実を受け入れたらしい。残念そうなようすをみじんも見せずに。彼は感情のない冷たい人間なのか、彼がこれまで言ったことが全部嘘なのかのどっちかだわ……。

ブリタニアはろくに眠れず、翌朝、消耗しきった青白い顔で起き出した。ジョーンの結婚式についての話を聞くのがつらかった。実際のところ、今朝の話は今までの話の繰り返しか確認で、それに、当日の天候や招待客の名前や人数の話題が加わった。それがすむと、今度はウエディングドレスの話題になった。昼食が終わるころには、ブリタニアの神経は調律の悪いピアノのようにおかしくなっていた。彼女は一人になりたくて、サイクリングに行くことにした。出発は夕方だし、荷造りはすんでいる。あとはセーターとスラックスに着替えればいいだけだ。時間はたっぷりある。

ウエディングドレスの色を検討していたジョーンとミセス・フェスケは反対しなかった。「でも、お茶には戻ってきてよ」ジョーンが言った。「出発は六時ごろだから」

ブリタニアはお茶には戻ると約束して、ミセス・フェスケのアノラックと手袋を借り、自転車を出しに行った。朝のうちは曇りだったが、今は晴れていた。ただ、青空の端は灰色で、風がまた勢いを増していた。ブリタニアは地面が凍っているのに驚いたが、砂利道を慎重に歩いてみて、自転車で走っても大丈夫だと判断した。走ってみようと思っていた小道は、両側が並木か林だから舗装道路のようにはすべらないだろうし、自転車には慣れている。もちろん行き先は決めていた。最後にもう一度、教授の家を見に行くのだ。見えるのは切妻屋根と煙突だけだが、それでもなにも見られないよりはいい。

人けのない道に自転車を走らせながら、もし教授が昨日きちんとさよならと言っていたらこんなことはしないのにと、ブリタニアは思った。彼はさよならを言わなかった。車から降りて、フェスケ家の玄関まで送ってくれて、ドアを開け、ブリタニアがほほえみながら明るく礼を述べるのを聞き、自分も楽しかったと言った。それから、また会いたいとささやくこともなく、さりげなくおやすみと言って、ブリタニアが中に入れるようにわきにどいた。自分がなにを言ったか、ブリタニアは思い出せなかった。なにも気のきいたことを言えなかったのは確かだ。そうでなければ、彼はもう少し長くいたはずだから。ブリタニアは泣きそうになり、彼の横をすり抜けて家に入った。ドアがうしろで静かに閉まる音が聞こえた。もうノックされることもなかった。すぐにロールスロイスの静かなエンジン音がして、やがて聞こえなくなった。

ブリタニアは十字路のところから小道に入った。時間はまだたっぷりある。家がもっと見えるところまでもう少し先に行けるだろう。気がつくと、小道には轍(わだち)ができていて、地面がすべりやすくなっていた。だが、ブリタニアはバランスをとりながらゆっくりと慎重にこいでいった。最初に教授の家が見えたところでちょっと休んだ。煙突からのぼる煙が風に流されていた。だれがいるのだろう？　教授ではないはずだ。彼は午後に診察があると言っていた。たぶん、彼の母親がいて、美しいマデレイネが招かれているのだろう。今夜は泊まるのかもしれない。ブリタニアはぶるっと体を震わせた。風が冷たくなり、急に暗くなった空から雨粒が落ちてきた。ここで引き返すほうが賢明だと思ったが、もっとよく家を見られる場所まではあと少しだった。ここまで来てあきらめるのはなんとも惜しい。ブリタニアはまた自転車をこぎはじめた。

めざす場所にたどり着いたとき、来たかいがあったと、ブリタニアは心の中でつぶやいた。夕闇(ゆうやみ)が迫る中で、家の窓が明るく輝いていた。マリヌスが陽気に家の中を歩きまわっているに違いない。教授の母親は暖炉のそばに座って、たぶん美しい刺繍(ししゅう)かなにか、何世代にもわたって受け継がれてきた手の込んだ仕事をしているのだろう。ブリタニアはもの思いにふけりながら、また自転車に乗ったが、急角度でまわりすぎたので、スリップして転倒してしまった。自転車が上にのしかかり、ブリタニアは地面にたたきつけられた。左の目の上にハンドルが勢いよく当たって、意識を失った。

幸いなことに意識はすぐに戻った。朦朧(もうろう)としていたので、横になったまま意識がもっとはっきりするのを待ち、それから立ちあがろうとした。だが、頭の痛みはすぐにずきずきする不快な激痛になった。悪寒がすることにも気がついた。

「横になっていたって、どうにもならないわ」ブリタニアは自分を元気づけた。「さあ、立ちあがって、体を温めて、自転車に乗って、できるだけ早く帰るのよ」

もっともな考えだったが、実行するのはそれほど簡単ではなかった。自転車が上にのっていたので、身をよじって這い出そうとすると、左の足首がひどく痛んだ。慎重に動こうとしたとたん、吐き気に襲われて、また動きをとめるしかなかった。

「なんてお利口さんなのかしらね」ブリタニアは不機嫌に言った。「足首を折ったんだわ。あるいは捻挫したかもしれない。こうなったら片側にころがるしかないわね」

そうするのに数分かかった。足首が痛み、頭痛がさらにひどくなったからだ。ようやく自転車の下から出て地面に座ったものの、動いたせいで足首がさらに痛くなり、今まで経験したことのない状態に陥った。痛みで気絶したのだ。

また意識が戻ったとき、ブリタニアはもう少し長く気絶していればよかったと思った。頭痛も足首の痛みもさらにひどくなっていて、気分が悪かった。それでも、彼女はあきらめずに考えた。なんとかして道路に戻らなければ。だけど、どうやって？　道路は半キロも先で、そこまで戻るのは大変だ。叫ぶ気力はあるが、教授はこの近くに家はないと言っていたし、庭師の家が声の聞こえる距離にあるとは思えない。でも、やってみる価値はある。ブリタニアは〝助けて！〟と何度か叫んだ。しかし、その声が風に流されるのを聞き、時間と力をむだにするだけだと判断した。自力で道路に戻るしかない。

少し身をよじって見てみると、足首はかなり腫れていた。靴を脱げば痛みは少しおさまるかもしれないが、凍りついた道を歩くには靴が必要だ。あたりはさらに寒く、暗くなっていた。ブリタニアはまたころがって少し前に進んだ。どれだけ這ったかわからないが、そのとき、腫れた足首をとがった岩にぶつけてしまい、その痛みで再び気絶した。

フェスケ家でお茶の時間が終わりかけたころ、ジョーンが言った。「ブリタニアは遅すぎるわ。もしかして部屋にいるのかしら。見てくるわね」やがて彼女は心配そうな顔で階下に下りた。「部屋にはいないわ。どこに行ったのかしら。フンデルローじゃないと思うわ。手紙を出してもらおうと思って確かめたら、そっちの道には行かないと言ってたから……」ジョーンはミセス・フェスケを見た。「自転車でいったいどこへ行ったのかしら？」

ミセス・フェスケは考えこんだ。「そうね、知り合いはずいぶんできたけど、一緒にサイクリングするほど親しい人はいないと思うし」そこで急に顔を輝かせる。「私ったら、うっかりしていたわ。ライティング・ファン・ティーン教授にさよならを言いに行ったのよ、きっと。彼、二晩続けてブリタニアを食事に誘ったし。あの二人はとても気が合うみたいよ」口を開きかけたジョーンに、ミセス・フェスケは言った。「驚いたでしょう。でも、ブリタニアがそのことをあなたに打ち明ける時間はほとんどなかったと思うわ。あなたはとても忙しかったし、結婚式の打ち合わせもあったから。彼に電話してみる？　番号なら電話帳に載っているはずよ」

「電話帳をとってくるわ」ジョーンが部屋を出ながら言った。「彼、家にいるかしら？」

「さあどうかしらね。でも、とても大きな家だから、だれかはいるでしょう」ミセス・フェスケは立ちあがった。「私がかけるわ、ジョーン。英語が話せない人が出るかもしれないから」

電話に出た男性は執事と名乗り、ミス・スミスは今日は来ていないと言った。「教授が戻られたら、そのことをお伝えします。なにかご存じかもしれませんから。あとで電話をおかけしましょう」

マリヌスは受話器を置き、陽気な顔をしかめた。昨夜、主人はどうしたのかときくこともはばかられるほどかんかんに怒って帰ってきて、まっすぐ自分の部屋に行き、今朝は早いうちにアーネムの診療所に出かけた。伝言はなく、ミス・スミスのこともなにも言わなかった。マリヌスはいつもよりもさらに足早に廊下を横切り、キッチンに向かった。キッチンでは妻のエミーがきびきびと働いていた。彼はエミーに事情を話し、どうすればいいか相談した。

エミーはスフレの種を混ぜる手をとめずに言った。「今すぐ旦那様に電話して。旦那様はあのお嬢さんのことをとても気にしているから、知りたいと思うはずよ」

マリヌスは古い懐中時計を取り出して時間を確かめた。「この時間だと、診療所で患者さんの診察をしているかもしれない……」

エミーはクッキングペーパーを敷き、バターを塗った容器にスフレの種を流しこみながら繰り返した。「電話して」

もう少しで患者の診察が終わると秘書が言い、マリヌスは一、二分待たされた。不必要に騒いでいるのではないかと少し不安になった。ミス・スミスは今夜イギリスに帰るというのに、主人はそのことに触れもしなかったのだ。たぶんエミーの勘違いだろう。

だが、そうではなかった。矢継ぎ早に質問を浴びせる主人の声を聞いて、マリヌスはそう確信した。ミス・スミスが出かけてからどのくらいたつのか？　ミセス・フェスケは彼女をさがすと言っていたのか？　暖かい服装で出かけたのだろうか？

マリヌスはそのどれにも正確に答えることができなかった。すると主人は、馬に鞍をつけてすぐ乗れる状態にしておくようにと命じた。それに、懐中電灯と毛布も用意してほしいと。「すぐに戻る。犬も連れていく」

「ミス・スミスの居場所をご存じなのですか？」マリヌスは尋ねた。

「たぶん」教授はうなるように答えて受話器を置いた。

主人はすぐに戻ってきた。糟毛のカエサルを玄関の前に引いてきたときに、ロールスロイスが車寄せに着いたのだ。マリヌスは急いで出迎えた。「準備は整っています」

「時間がない。今から出る。ミセス・フェスケに電話をかけてくれないか。それから、ミス・スミスが泊まるかもしれないから部屋の準備を頼む」

教授は犬を連れ、カエサルを慎重に速足（トロット）で進ませた。

暗い夕方だった。小道は頭上の木々のせいでさらに暗くなっていた。教授は懐中電灯で前方を照らし、確かな手綱さばきで馬を進めていった。道の両側は調べなかった。ブリタニアはこの道のどこかにいるはずだ。教授の表情からは内心のいらだちはうかがえなかった。やがて十字路に来ると、速度を落とした。道がさらにすべりやすくなっていたのだ。教授は犬に向かって口笛を吹き、先に行くように命じた。しばらくするとヤーソンとウィリーの吠（ほ）える声が聞こえ、懐中電灯の光の中に、地面に横たわるブリタニアとその両側にいる犬が見えた。

教授は馬から飛びおりて、若者のように機敏に近づき、ブリタニアの横にひざまずいた。ブリタニアは気を失っていた。蒼白（そうはく）な顔の片側に痣（あざ）ができていて、懐中電灯の光で見ると危険な状態に見えた。教授は彼女の脈をとり、強くて規則正しいことを確かめると、腫れている足首を調べてから、声をかけた。「起きろ、ブリタニア。家に戻らないと」

教授は何度か声をかけた。ブリタニアはその声で意識を回復したが、彼がなんと言っているのかわからなかった。目を開けると、彼が険しい顔で見おろしていたので、ぱっと目を閉じた。だが、二匹の犬がかたわらにいたのに気がついて、またすぐに目を開けた。

「ヤーソンとウィリーね。あなた、そんないいスーツを着ているのに……汚れるわ」

教授はにこりともせずにオランダ語でなにか言った。

ブリタニアは意味を尋ねないほうが賢明だと思い、取りつくろうように言った。「足首をくじいたか、折ったかして、歩けないの。少し這ってきたんだけど、そんなには進めなくて。できたら道路まで連れていってくださらないかしら。それから家に帰ってミスター・フェスケに電話をかけてくだされば、迎えに来て病院へ運んでくれると……」

　ブリタニアが話している間、教授は忙しくしていた。彼女の靴の紐（ひも）を切って脱がせ、大きな手でそっと足を支えて調べた。その痛みでブリタニアが話すのをやめたとき、彼は言った。「頭がおかしくなった年寄りの大伯母みたいに指示するのはやめろ、ブリタニア。僕が君のたわごとを聞かないことはわかっているはずだ。痛いから歯をくいしばれ」

　本当に痛かったが、ブリタニアはうめき声をあげもしなかった。だが、体が震えて、気分が悪くなった。靴を脱がせてもらってから毛布でくるまれると、体が暖かくなった。安心したとたん、こらえていた涙が出てきた。

　教授がブリタニアの顔を照らして傷を調べ、なにかつぶやいた。ブリタニアは言った。

「そんなに怒らないで、ヤーケ。こんなことになって、ほんとに恥ずかしいわ。もうさよならは言ったんですものね」教授がまたなにかつぶやく。ブリタニアは少し元気を取り戻した。「だけど、私にわからない言葉でぶつぶつ言うのは失礼だと思うわ」

「僕がなにを言っているのか知りたいのかい？」教授は大柄なブリタニアを軽々と抱きあげた。「それじゃ、言おう。君がもっと注意して聞いていたら、僕がさよならなんて言わなかったのに気がついたはずだ」

教授はカエサルのところまでブリタニアを運んだ。馬を見て、ブリタニアは驚いて叫んだ。「馬ね！　なんて大きいの」それから彼女は考えこんだ。「私、あれには乗れないわ」

教授は無言でブリタニアを馬の首のうしろに乗せ、彼女がしがみつこうとあせっている間に、ひらりと馬に飛び乗った。そして手綱をつかむと、口笛を吹いて犬を呼び、家に向かった。

教授はゆっくりと慎重に馬を進めたが、ブリタニアの足首は耐えられないほど痛んだ。道路に出ると、もうかなり暗くなっていて、車は一台も走っていなかった。「暗くてよかったわ。私たち、とても奇妙に見えるはずだから」彼女は力なく笑った。だが、教授がなにも言わないので、また口を開いた。「まだ怒っているの？」

教授の声が頭上で聞こえた。「怒ってはいない」

そのとき、カエサルが石につまずいたので、ブリタニアは痛みのあまり息をのんだ。教授が彼女の肩をしっかりとつかんだ。「もうすぐ家だ」

ブリタニアはぼんやりと思った。教授はいたわりの言葉一つかけてくれない。ほかの男性なら……。いえ、ほかの男性なら私をさがしに来てくれたりはしないだろう。そもそも、私がどこにいるかさえわからなかったはずだ。どうしてあそこにいると思ったのかと教授にきこうとしたとき、カエサルが歩みをとめ、ブリタニアは明かりと人声に気がついた。

馬から降ろされるときも足首がひどく痛んだ。ブリタニアは歯をくいしばり、目を閉じたまま、教授に抱かれて家に運ばれた。中に入ったとたん、どっと疲れに襲われて、なにも考えられなくなった。

6

階段を半分ほど上がったところで、ブリタニアは気力を取り戻し、なんとか口を開いた。

「私、とても重いでしょ」

しかし、教授はなにも言わずに、しっかりとした足取りで階段を上がっていった。エミーは彼の先に立って、いちばん奥にある部屋のドアを開けた。ベッドの用意はすでにできていた。教授はブリタニアをベッドに横たえた。ブリタニアは暖かさと安心感に包まれ、のぞきこんでいるエミーの人のよさそうな顔を見ながらすぐに眠りに落ちた。

目を覚ましたとき、だれかが服を脱がせてネグリジェに着替えさせてくれていたのに気づいた。おぼろげに、腕を上げたことや、なだめるようなエミーの声が聞こえていたことを思い出した。醜く腫(は)れあがった足首は上掛けに隠れていた。エミーのあとから教授が入ってくるのを見て、ブリタニアは顔をしかめた。

教授はむだ口をたたかず、開口一番言った。「気分はよくなったかい？」そして念入りに、しかもやさしく足首を調べた。

診察が終わるのを見はからって、ブリタニアは尋ねた。「ミスター・フェスケに電話してくださらないかしら？ ガウンを貸していただけたら、ミスター・フェスケにアーネムまで連れていってもらえるから……」

「アーネムでなにをするつもりだい？」ブリタニアの顔を見もしないで教授がきいた。

「包帯を巻いて、それから……」

「僕だって包帯を巻くくらいの技術は持っていると思うが」教授はそっけなく言った。

「それはそうだけど、私、ここからいなくなりたいの。言っている意味がわかるかしら」

「左の目の上にかなりひどい打撲の跡がある。それで気を失ったんだろう。意識が混濁していて会話がおぼつかないのもそのためだ」

確かに頭が痛い。「そうね、すっきりした感じはしないわ」

「当然だ」教授は重々しい口調で言った。「足首に包帯を巻こう。捻挫だ。君が気絶している間に診ておいた。明日、病院に行ってレントゲンを撮らなければ。頭の検査もしたほうがいい」

「でも、私、イギリスに帰るのよ。荷造りは全部すんで……」

「数日は無理だ。さあ、足首の手当てをしよう」

ブリタニアは痛みで悲鳴をあげないようにこらえながら、エミーが勇気づけるように握っていてくれた手を握り返した。そして、教授が包帯を巻きおえると、震える声で礼を言った。

教授はぶっきらぼうに応じてから、紅茶を持ってこさせるからそれを飲んで眠るようにと言い添えた。「頭はなんともないようだから、ぐっすり眠れば頭痛も治るはずだ」

医師らしいその言い方を聞き、ブリタニアは目を開けて教授を見た。彼はベッドの足元からこちらを見ていた。「それなら、明日レントゲンを撮る必要はないわ。もうすでにたっぷりあなたに迷惑をかけているから」

「これからもたっぷり迷惑をかけることになるだろうな」教授は軽くうなずくと、ドアに向かった。エミーが椅子を引いてベッドのかたわらに座った。エミーは英語を話せないが、なんの問題もなく、ブリタニアが紅茶を飲むのに手を貸し、枕を直して、また横になるのを手伝った。ブリタニアは気分がずっとよくなり、再び眠りに落ちた。

数時間後に暗い部屋で目を覚ますと、ベッドわきのランプがついていて、教授が本を読んでいた。ブリタニアの気配に気づいた彼はすぐに目を上げ、ベッドに近づいて彼女の脈をとり、瞳孔を見て、頭の傷を調べた。「気分はどうだい、ブリタニア？」

ブリタニアは答える前に教授の顔を見た。穏やかな表情だが、なにを考えているのかわからなかった。彼女はため息をついた。「そんなに悪くないわ。ありがとう。頭痛もかなりおさまったし、足首はちょっと痛いけど、我慢できないほどではないわ。今、何時かしら？」

「午前二時だ。エミーがスープを作ったから、それをのんでまた眠るといい」教授の顔にちらりと笑みが浮かんだ。「エミーが来た。僕はもうやすむよ」

家政婦は厚手のウールのガウンという、昼間よりもずっと楽な格好で、スープの入った小さなボウルをトレイにのせて運んできた。トレイには真っ白なナプキンとレモネードのグラスものっている。スープのおいしそうなにおいをかいで、ブリタニアは鼻をひくひくさせた。教授が本を持って立ちあがった。

エミーは枕をブリタニアの背中にあてがい、ナプキンを顎の下に広げると、ボウルをブリタニアに渡した。ブリタニアが最初の一口をのんだとき、教授はドアに向かった。「おやすみ」

私がこの家にいるのがいやなんだわ。この家の主人として、医者として、世話をしてくれているだけなのよ。唇が震え、涙があふれた。スプーンを置くと、すぐにエミーが清潔なハンカチを渡してくれた。それから、ブリタニアはまたスプーンを取りあげ、スープをのんだ。エミーに促されてレモネードを飲みほしたころには、また頭が痛くなっていたので、礼を言ってすぐに目を閉じた。

目を覚ますと、カーテンが開いていて、朝の明るい日差しが差しこんでいた。暖炉では火がぱちぱちと燃えている。ブリタニアは慎重に体を起こしてベッドに座り、部屋を見まわした。気分はかなりよくなっていた。これならレントゲンを撮る必要はないから、そう言おう。ジョーンはどうしただろう？　私はフェスケ夫妻の家に戻ることになるのだろうか？　いつイギリスに帰れるのだろう？　彼女は目を閉じて顔をしかめた。それからまた目を開けて、自分のいる部屋を眺めまわした。

広くて優美な部屋だった。二つの高い窓にローズピンクのカーテンがかかっている。キルトのベッドカバーと肘掛け椅子のカバーも同じ色だ。白い家具には金めっきがほどこされている。床には淡いブルーの絨毯が敷かれていて、目が休まった。贅沢な部屋だ。ブリタニアがまた目を閉じ、何時ごろだろうかと思ったとき、ドアがノックされた。彼女はぱっと目を開け、どうぞと言った。

ミセス・ファン・ティーンが入ってきて、ほほえんだ。「おはよう、ブリタニア。あなたが目を覚ますのを待って朝食にするようにって、ヤーケから言われていたの。よく眠れたようで、よかったわ。エミーが紅茶とトーストを持ってきますからね。病院に行くまでは、それ以上食べさせたらだめだってヤーケが言うの。ヤーケが十時に帰ってきて、あなたを病院に連れていくことになっているわ」

「でも……レントゲンが必要かどうか彼にきくつもりだったんです。昨日よりずっと気分がよくなったので」

教授の母親は優雅にかぶりを振った。「私があなたならそんなことはしないわ」そして、ベッドのそばの椅子に腰を下ろした。「医者の言うことは聞かなくちゃ」

教授は自分の担当医ではないとブリタニアは言いかけたが、それでは失礼になると思い、泊めてもらった礼を言った。

ミセス・ファン・ティーンはちょっと驚いた顔をしてから笑った。「でも、私にお礼を言わないで。ここはヤーケの家なの。私はときどきここに泊まりに来るだけ。ヤーケは今朝出かけるときに、あなたのお相手をするようにと私に言っていったの。あなたのお相手ができてうれしいわ。私には娘が三人いるけれど、みんな結婚していて、夫と子供を連れてここに遊びに来るのよ。ヤーケもそれを楽しみにしているわ」

「そうなんですか？」ブリタニアは驚いて思わず声をあげた。「私……彼はてっきり……」

ミセス・ファン・ティーンはまたほほえんだ。「あなたの言いたいことはわかるわ。でも、ヤーケは子供も家族も大好きなのよ」

「だって、自分で隠遁者のようなものだと言ったんです」ブリタニアは怒りを覚えた。

「そうね、若い女性を連れてナイトクラブに行ったりはしないから、その意味ではそうとも言えるわ」その口調から、ミセス・ファン・ティーンがナイトクラブをどう思っているかはっきりとわかった。「ヤーケは楽しく暮らすのが好きなの。友達もおおぜいいて、仕事が大好きで。それはあなたも見てのとおりよ。ああ、エミーが来たわ。朝食をゆっくり召しあがってね。食べおわったら、エミーが着替えを手伝うわ」

ミセス・ファン・ティーンが戸口に向かったとき、ブリタニアはきくべきことを思い出した。「忘れるところでした。ミセス・フェスケはなんと言っていましたか？　それに、私の友達のジョーンが帰国したかどうかご存じですか？」

「そうそう、ミセス・フェスケは今日の午後にあなたのようすを見にいらっしゃるわ。ジョーンは予定どおり帰国したそうよ。あなたの上司に事情を説明することになっているわ。ヤーケのすることに抜かりはないから大丈夫」

ブリタニアは旺盛（おうせい）な食欲で朝食を平らげ、エミーがブラシをかけた服を持って戻ってきたときには着替えをする気力がわいていた。エミーがベッドわきに洗面器を持ってきてくれたので、洗顔の問題は解決したが、服を着るのは思ったほど簡単にはいかなかった。足首の痛みがおさまるまで何度も待たなければならなかったし、足首が腫れているのでスラックスを切らなければならなかったからだ。それでも、なんとかスラックスをはき、セーターを着た。ブリタニアは自分を見おろして、ひどい格好だと思った。

エミーが髪にブラシをかけ、うしろで一つにまとめてから、しぶしぶ鏡を持ってきてくれた。その理由は鏡を見てわかった。顔は悲惨なことになっていた。片側が腫れて赤黒くなり、額にはビリヤードの玉ほどの大きさのこぶができていた。百年の恋も冷めるような顔だ。もちろん、教授は百年の恋などしていないが。気がつくと、戸口に教授が立っていた。

「入っていいかな？」そう声をかけてから、つけ加える。「目のまわりに黒い痣（あざ）ができるはずだ」そしてエミーになにか言ってから、ブリタニアを抱きあげて車まで運んだ。まるで、悪さをした子猫をキッチンから庭に連れ出すみたいだと、ブリタニアは思った。

教授が助手席にブリタニアを座らせると、エミーとマリヌスが彼女の足元にクッションを置いた。車に乗りこんだ教授は、ブリタニアに快適かどうか尋ねてからアーネムに向かった。ブリタニアは会話の糸口をさがしたが、なにも見つからなかったので、病院に着いたときにはほっとした。教授はまたブリタニアを抱きあげて、雑用係が持ってきた車椅子に乗せた。

メイクもしていないし、髪はエミーがうしろにひとまとめにしてしまったし、着ているものはミセス・フェスケのだぶだぶのアノラックだ。これでは、魅力的に思ってもらえるはずがない。そのうえ、車椅子は優雅とはほど遠い。教授は雑用係になにかささやくと、すぐに戻るとブリタニアに言い残して立ち去った。

ブリタニアはレントゲン室の待合室に連れていかれた。そこには腕や脚や鎖骨を折った人が辛抱強く順番を待っていたが、ブリタニアはすぐにレントゲン室に運ばれた。中には美人の看護師、それに教授と髭(ひげ)の濃い男性がいた。

「見事な痣だな」髭の男性が愉快そうに言った。「ひびが入っていないことを祈ろう」彼はにっこりして、ブリタニアに片手を差し出した。「ベレンス……フランス・ベレンスだ」しっかり握手をしてから、教授の方を向く。「最初に頭だな、ヤーケ。それから足首だ」

レントゲンはすぐに撮りおえたが、ブリタニアは現像ができるまでそこにいるようにと言われた。薄暗い部屋で毛布に包まれてまどろんでいると、教授の声が聞こえたので、ブリタニアは目を開けた。

「骨は折れてなかった。重度の捻挫だ。数日間安静にしてから、マッサージとリハビリで治す」

「帰国できないの?」

ドクター・ベレンスが重々しい口調で言った。「もちろん無理だ。ひどいくじき方をしたから、治るのに時間がかかる。それに、足首の腫れが引かないと……」

「君を僕の家に連れて帰るよ」教授が有無を言わさぬ口調で言った。「回復したら帰国できるさ」

「フェスケ家に置いてもらうわ」

「無理だな。フェスケ夫妻は聖ニコラス・デーのお祝いで家を空けるから」

「でも、私……」

雑用係が車椅子を持ってきたので、ブリタニアは車椅子に移った。愛想のいいドクター・ベレンスと握手をしたあと、車椅子で運ばれながら、自分の置かれた状況について考えた。そして、再び車に乗せられ、アーネムを過ぎたあたりで口を開いた。

「私、やっぱり……」

「もし僕の家にいるのがいやなら、いいことを教えてあげよう。家は広いから、僕と顔を合わせなくてもすむ」

「いいえ、そういうわけじゃないわ。でも、あなたのところに泊まったら、あなたが困るでしょ」

教授は心底驚いたようだった。「どうして？　二人きりになることはないよ。十二月だからね。母、妹たち、その夫と子供、叔父が何人か、それにマデレイネも一緒に、聖ニコラス・デーを祝うんだ」

それを聞いて、ブリタニアは急に寂しくなった。「ご親切に。でも、迷惑じゃないかしら？」

「まさか。付添看護師に来てもらって、君の世話をしてもらうよ」

ブリタニアはうれしくなったが、それを表に出すわけにはいかなかった。「面倒でも付添看護師の請求書は私にまわしてね」彼女はプライドの高いところを見せた。「クリスマスには帰国して、友達や家族と一緒に過ごしたいわ」

「十分に間に合うだろう」教授が気安く請け合った。「言っておくが、君が僕の家族と一緒に聖ニコラス・デーを祝えないのは、君のせいだからね、ブリタニア。自分で断ったことを忘れないように」

憤慨のあまり、ミセス・フェスケのアノラックの中でブリタニアの胸が盛りあがった。

「いやな人！」彼女はぴしゃりと言った。「断ったんじゃないわ。少なくとも、その理由をあなたは知っているじゃないの」そこで深く息を吸いこむ。「イギリスに帰れるようにしてもらえないかしら？」

「だめだ。もっとも、めまいの発作を起こして転倒し、もう一方の足首も捻挫していいというのなら話は別だが」教授は車の速度を落とした。「ミセス・フェスケが君の荷物を持って、今日の午後、見舞いに来る。僕のアドバイスを受け入れる気なら、今日はずっとベッドで安静にしているように。エミーが君の世話をする。僕は今夜、付添看護師を連れて帰るよ」

ブリタニアは唇を噛（か）んだ。言い返しようがなかったし、また頭痛が始まったのだ。彼女は素直に言った。「ありがとう、教授」

「ヤーケだ」教授が訂正した。

「ありがとう、ヤーケ」ブリタニアはおとなしく言い直した。

昼食のあと、見舞いに訪れたミセス・フェスケを、ミセス・ファン・ティーンがブリタニアの部屋に案内してきた。ミセス・フェスケは母親がするようなアドバイスをたっぷりと与えたが、内心わくわくしているのは明らかだった。彼女はブリタニアのことを、今まで見た中でいちばんきれいでかわいい女性だと考え、教授が会った中でもいちばんきれいでかわいい女性のはずだと思っていた。そのブリタニアが少なくともあと数日、教授の家で過ごすのだ。

ミセス・フェスケはやさしくブリタニアを抱擁し、心配そうに痣を眺めて、残念そうに聖ニコラス・デーのことに触れた。「何週間も前に決めてしまったの。そうでなければ、あなたにいてもらいたいんだけど……」

「でも、そのおかげで私たちはブリタニアにここにいてもらえるんですもの」ミセス・ファン・ティーンが言った。

「ずっとこのお部屋に?」

「そう思いますわ。息子が今夜、付添看護師を連れて帰ってくるので」

ブリタニアは二人にはさまれてベッドの上に座っていた。聖ニコラス・デーのお祝いがどんなに楽しいものでも、自分が部外者なのは間違いない。「でも、だれかが飛行機に乗せてくれれば……」

「ヤーケは言っていたわ。あなたはここにいるべきだって」二人の年配の女性はヤーケの言うことが正しいと確信している表情で、やさしくブリタニアを見つめた。ブリタニアはあきらめた。少なくとも当面は。教授が戻ったら、また説得してみよう。

だが、そのチャンスはなかった。教授はこちらの意図を察していたのではないかと、ブリタニアはあとになって思った。彼は付添看護師のズステル・ハーヘンブルークを引き合わせ、痣と足首を診て、すぐによくなるはずだと請け合うと、さっさと出ていってしまったのだ。そのあと、驚くほど流暢な英語を話すズステルが、捻挫した足首のマッサージとリハビリはまかせてほしいと言った。

次の日もその次の日も順調に過ぎた。顔の片側の目から顎にかけてはくすんだ虹色になっていたが、痛みは軽くなったし、頭痛も消えた。ブリタニアは暖炉のそばの寝椅子に座って、ズステルとカードゲームをしたり、両親を安心させる手紙を書いたりした。教授の母親とも長いおしゃべりをした。打ちとけてみると、少しも厳しい人ではなかった。

教授はたまにしか顔を出さなかった。それも一人ではなく、ズステルがいるか、母親かエミーが一緒だった。話すことはブリタニアの捻挫の状態、天候、ズステルへの指示にとどまった。赤の他人のようだとブリタニアはわびしくなった。

翌日の朝、とりとめもない話をしていたときに、教授のすぐ下の妹エマがやってきた。彼女は三十五歳で、六歳から十二歳の三人の娘を連れていた。小さな息子はもう世話係にあずけたという。「でも、あとで会ってね」エマが誇らしげに言った。「子供たちがうるさかったら、ちゃんと言ってちょうだい」

エマは背が高く、優雅で、教授にそっくりだったが、温かくて親しみやすいところは似ていなかった。ブリタニアがエマとおしゃべりをしていると、別の妹のフランセスカが到着した。彼女の六歳と七歳の子供はブリタニアと握手をし、隙間のあいた歯を見せてにっこりしてから、昼食を食べに連れられていった。母親たちは、マリヌスが二階に飲み物を持ってくるまでブリタニアの部屋に居座り、流暢な英語で噂話に興じた。そこへズステルがブリタニアのトレイを持って入ってきた。おいしい昼食を食べながら、聖ニコラスの祭りもそれほど悪くないかもしれないとブリタニアは思った。そのあともそれほど悪くなかった。教授の末妹のコリンネがおとなしい赤ん坊を連れて、お茶の時間の前に到着した。コリンネに用事ができたので、その間、ブリタニアが赤ん坊を膝の上で抱いていた。目を閉じた赤ん坊は、ほんの少し伯父に似ているように見えた。

ほどなく教授が帰ってきた。妹たちはうれしそうに歓声をあげて教授に抱きついた。教授がくつろいで満足そうに笑うのを見て、ブリタニアは自分にもそんなふうにしてくれたらいいのにと思った。だが、教授は寝椅子のかたわらに来ると、笑みを消し、冷ややかなまなざしで、今日は快適に過ごせたか、どんな具合だったかと尋ねた。三人の妹に見られているのを意識しながら、ブリタニアは快適な一日で、具合もよかったと静かに答えた。その日は、それからずっと教授の姿を見かけなかった。妹たちは夕食前に到着した夫をブリタニアの部屋に連れてきて紹介してから、一緒にダイニングルームに下りていった。ブリタニアは部屋に残った。リビングルームでの家族のディナーに加わりたいとは思ったが、もちろん無理だった。ドレスを着るだけでも大変だし、だれかに階下まで運んでもらわなければならない。それに、だれも誘ってはくれなかった。たぶん、考えもしなかったのだろう。ズステルは今日の午後と夜は休みで、寝る時間にならないと帰らないはずだったので、ブリタニアは一人で夕食を食べた。

エミーがトレイを下げに来て、なにか欲しいものはないかと尋ねた。欲しいものは全部そろっていた。本、雑誌、クロスワードパズル、カード。ブリタニアはカードでソリティアをしてから目を閉じた。目を閉じているときにドアが開いてだれかが入ってきたが、ブリタニアは目を開けなかった。眠っていると思えば、ほうっておいてくれるだろう。ほかにはだれも入ってこなかった。やがてズステルが戻ってきて、ブリタニアの寂しそうなようすを見て取り、アーネムにいる家族の話を聞かせてくれた。それから、ベッドを整えて明かりを消し、疲れているはずだからもう眠らないといけないと言った。ブリタニアはその言葉に従った。

翌朝、教授は朝食のあとでやってきて、足首を診察した。「だいぶよくなってきたよ。明日、包帯をとろう。今日はいつものマッサージとリハビリをして、あとは安静にしていることだ」彼は機嫌よくブリタニアに向かってうなずき、ズステルにいくつか指示を与えると出ていった。ブリタニアはききたいことがたくさんあったが、そのチャンスはまったくなかった。とにかく、できるだけ早くここから出ていきたかった。以前、教授が私に感じていたものがなんだったにせよ、もう消え失せてしまったらしい。最近は、歓迎されざる客をもてなしているようなよそよそしさが感じられる。やはり私を持て余しているのだ。そういえば、マデレイネが聖ニコラス・デーのパーティに来ると言っていた。あれこれ考えて頭が痛くなりかけたとき、ありがたいことに教授の妹たちがぞろぞろと入ってきた。子供も一緒で、みんな楽しそうに夜のパーティのことを話題にした。

午前中は快適に過ぎた。ブリタニアは午後も同じように楽しく過ごせるものと思い、昼食をたっぷり食べたあと、ズステルのマッサージとリハビリを受け、コリンネが母親を手伝って夜の祭りの準備をする間、赤ん坊をあずかることにした。赤ん坊はブリタニアに抱かれて笑ったり、ばぶばぶ言ったりしていたが、そのうち眠ってしまった。本に手を伸ばして赤ん坊を起こすのがいやだったので、ブリタニアも目を閉じた。

ブリタニアはマデレイネの声でまどろみから覚めた。「なんてすてきな光景かしら！」甲高い声が戸口から聞こえた。「まるで聖母子像みたい。もっともブリタニアは母親じゃないし、その痣じゃ、聖母役には向いていないけれど」

ブリタニアが声のした方を見ると、レッドフォックスのジャケットとスエードのスカートという息をのむほどエレガントな装いのマデレイネが教授と並んで立っていた。

「こんにちは」ブリタニアは挨拶(あいさつ)して、失礼なマデレイネをたしなめない教授に腹を立てながら、教授の顔ではなくベストのボタンを見て、静かに言った。「赤ちゃんを起こさないで」

教授が小声でなにか言うと、マデレイネは驚いた顔で彼を見た。ブリタニアには教授がなにを言ったかまったくわからなかったが、マデレイネは不機嫌にくるりと向きを変えて立ち去った。教授が部屋に入ってきた。

「君のおかげでコリンネはずいぶん助かっているようだね」彼が穏やかに言った。

「コリンネにはすることがたくさんあるから。二人のナニーはほかの子供たちで手いっぱいだし」

教授は寝椅子に座って、驚くようなことを言った。「マデレイネが失礼な態度をとってすまなかった。彼女は言葉を選ぶということをしないから。君は僕たちを見てあまりうれしそうじゃなかったね」彼はそこでふいににやりとした。「あのジャケットを見て妬いたのかい？」

ブリタニアは赤ん坊の顎のよだれをふき取り、冷ややかに言った。「なんてばかばかしい質問かしら。罠にかかったかわいそうな動物の毛皮を着ている人に、どうしてやきもちをやかないといけないの？」彼女はそっけない声でつけ加えた。「病院ではいい一日を過ごせたんでしょうね」

「もし家に帰るたびに君がそうきいてくれなかったら、僕はがっかりするだろうな。ああ、いい一日だったよ。今日早く帰ってきたのは、オランダでは、聖ニコラス・デーはだれでも早く帰るからなんだ。もちろん、そうできない人もいるが。ズステルはあと三十分ぐらいで家に帰る。戻ってくるのはかなり遅くなると思うよ」

「彼女が家に帰れてよかったわ」ほかに言うことを思いつかないのが情けなかった。なんとも気のきかない会話だ。

「彼女がいなくても大丈夫かい？」

「ええ。自分のことはもう自分でできるわ」ブリタニアは急いで言い添えた。「もしあなたが手配してくれれば、帰国できると思うの」

「そのうちにね。読むものは十分あるかい？　妹たちが来ていると思うが……」

「ええ。だから楽しいわ」ブリタニアは教授を見ないようにして、ほかになにか言うことはないかと考えた。しばらくここにいると決めたのなら、自分のほうが会話をリードしてもいいはずだ。

沈黙が流れたとき、コリンネがつむじ風のように入ってきて、その沈黙を破った。「ありがとう、ブリタニア。あら、ヤーケ。さあ、あなたの甥を抱いて、ブリタニアを休ませてあげて」彼女は息子を教授の腕に押しつけて、暖炉に近い椅子に座った。「もう用意は全部できたわ。子供たちはみんな興奮しているから、あとできっと気分が悪くなるわね」

そこで二人の方を見る。「私、おじゃまだった？」

教授が返事をしなかったので、ブリタニアは言った。「いいえ。私たち、ただ時間をつぶしていただけだから」

「よかったわ。エミーに、お茶はあなたと一緒にするって言ったの。よかったかしら？　マデレイネのあの甘ったるい声を聞いていると、いらいらしてくるのよ」

「僕の客を侮辱するような発言は許さないよ、コリンネ」教授が厳しくたしなめた。

コリンネはしかめっ面をして立ちあがると、息子を抱き取って、教授の立派な鼻をつまんだ。「意地悪。私は兄さんより十五歳若いけど、見る目はあるつもりよ。リビングルームでお茶にするの？」

「おまえはいつまでたっても子供だな。いや、僕は仕事があるからお茶はパスだ」彼は先手を打って言った。「僕に説教なんかしないでくれ」

教授はコリンネにほほえみかけ、ブリタニアにうなずいてみせてから、部屋を出ていった。コリンネはまた椅子に座った。

「兄は癇癪持ちなの。父もそうだったわ。言い負かされるのが嫌いなのよ。もっとも、だれも兄を言い負かしたことはないと思うけど。本当に頭がよくて、なんでも知っているの。もっとも、恋愛に関してはまったくわかっていないけど。いい兄だし、お似合いの女性と結婚したら、とてもいい夫になるはずよ。あなた、マデレイネのことが好き？」

「彼女のことはよく知らないの」コリンネからそんなことをきかれるとは思っていなかったので、ブリタニアはあわてた。「とてもきれいな人ね」

「あなたもよ」

ブリタニアは顔を赤らめた。「ありがとう。ねえ、みなさんはどうしてそんなに英語が上手なの？」

「厳しいナニーがいたの。家庭教師もついていたし、父はいつも食事のときに英語を使わせたわ。兄もその習慣を続けたのよ。私たちはみんな結婚したけど、その習慣は守っているってわけ。あなたはオランダ語を話さないの？」

ブリタニアはうなずいた。「ええ……知っている単語は六つくらいよ。もしだれかがたとえば〝寒いですか？〟とゆっくり言ってくれれば理解できるけど、そうでなければまったくだめ」

「覚えられるわよ。さあ、お茶がきたわ。私、喉がからから」コリンネはブリタニアに赤ん坊を渡した。「抱いててね。私がつぐわ」

お茶のあと、ブリタニアは階下から響く声を聞いていた。子供たちがたくさんいた。彼らがどんなに興奮しているか想像できた。だが、なにが起きているかは想像できなかった。彼ズステルにきくつもりだったが、その前に彼女は帰ってしまったし、エミーに尋ねるほどオランダ語は話せなかった。それに、たとえ質問できても、返事を理解できなかっただろう。

だが、そのうち理解できるようになってみせる。テーブルランプの明かりで本を読んでいると、教授が戻ってきた。「聖ニコラスはあと十分で到着する。僕が君を階下に連れていく前に、髪をとかすとか、なにかすることはあるかい？」

「私を階下に？　どうして？」

「ねえ、聖ニコラスが来る夜に君を一人にしておくと思うかい？」

「私、ちゃんとした服を着てないわ」

教授はブリタニアが着ているピンク色のウールのガウンに目を走らせた。ネックラインにフリルがついていて、ベルベットのトリミングがしてある。「君は階下にいるレディたちよりもよっぽどちゃんとした服を着ているよ」彼は化粧台に近づき、ヘアブラシと鏡を持ってきた。「さあ、どうぞ。化粧品はどこだい？」

ブリタニアは自分の顔を点検した。腫れは引いたが、痣はかすかに残っている。「ひどい顔。化粧品はバスルームの棚にあるわ」彼女は髪をとかしてうしろでまとめ、鼻にパウダーをはたいて、口紅を塗った。「さあ、これでいい？」

教授はブリタニアを抱きあげてドアに向かった。「僕のダーリン・ガール、いいなんてものじゃない。息をのむほどきれいだよ」

7

よそよそしい態度が数日続いたあとだっただけに、ブリタニアは教授の言葉にびっくりして、彼に抱かれて階段を下りるときも口がきけなかった。教授はリビングルームへ行かずに階段の横の広い廊下を進み、突き当たりにある大きなアーチ型のドアの前で立ちどまった。そして、ブリタニアに激しくキスをすると、片足でドアを押し開けた。

その部屋はとても広く、冷たい夜気を締め出す真紅のカーテンが大きな窓にかかっていた。よく磨かれた床には見事な絨毯が敷かれ、シルクのような光沢のあるサテンウッド材の家具には、薔薇色とクリーム色とブルーを織りこんだ布がかけてある。

教授はブリタニアを大きな暖炉の横のソファにそっと座らせた。華やかな部屋で、そこにいる人々も同じくらい華やかだった。女性たちはみんなドレスアップしていた。自分がほかのレディたちよりもちゃんと服を着ていると教授が言った意味がわかった。ブリタニアは喉元までウールでおおっていたが、彼女たちはイブニングドレス姿だったのだ。ブリタニアがよく〈ハロッズ〉のショーウインドーで眺めるような美しいドレスばかりだった。

男性たちもそれにふさわしい正装だ。自分の地味なガウンを意識しながら、ブリタニアは近づいてきて隣に座ったミセス・ファン・ティーンに恥ずかしそうにほほえんだ。

「一緒にお祝いしてくれてうれしいわ」彼女は言った。「みんなのことは知っているわね？　もっとうるさくなるから、頭痛がしたら、すぐに言ってちょうだいね」そして、ブリタニアの腕を軽くたたいた。厳しい顔がうれしそうなほほえみで輝く。「ヤーケの叔父も二人いるから、あとで紹介するわ。今はマデレイネと話しているの」

それを聞いて、ブリタニアはマデレイネを見た。このパーティには格調が高すぎるオイスター色のクレープ地のドレスを着ていて、ブリタニアのガウンと同じくらいこの場にふさわしくない。

マデレイネから目をそらすと、笑みを浮かべたコリンネと目が合った。「私たち、あなたの近くに座るわ。そうすれば、なにが起きるのか教えてあげられるから。ヤーケは聖ニコラスを迎えるために部屋の向こうにいなければいけないの。私たち、毎年同じことをするのよ。そうしないと子供たちががっかりするから。ほら、聖ニコラスが来たわ」

大きなドアが開いて、聖ニコラスが入ってきた。うしろにお供のズワルテ・ピートがついている。教授は短いスピーチをして聖ニコラスを迎えた。部屋の中央に聖ニコラスとズワルテ・ピートのための場所が設けられていて、教授に先導されてそこに向かう聖ニコラスにみんなが拍手した。聖ニコラスは赤と紫のローブを着た堂々とした老人で、司教冠をかぶっていた。ふさふさの髪と髭は真っ白だ。彼は本を一冊持っていた。その本にはここにいる子供たち全員の名前が書いてあるのだとコリンネがささやいた。一年間いい子だった子供にはプレゼントとオレンジが贈られ、悪い子はズワルテ・ピートの袋に入れられる。だが、そんなことはめったに起きないとコリンネが言った。

子供たちは一人一人名前を呼ばれてプレゼントを受け取った。部屋は包装紙と歓声でいっぱいになった。ブリタニアはソファに広げられた絵の具や人形を一つ一つほめた。

次は大人たちがプレゼントをもらう番だった。聖ニコラスはとても気前がよかった。コリンネは聖ニコラスとワルツを踊ってプレゼントを受け取ると、笑いながら彼にキスをし、ソファに戻って箱を開けた。それはサファイアと真珠の美しいイヤリングだった。その高価なアンティークに見とれてから、ブリタニアはミセス・ファン・ティーンの方を向き、彼女がもらったプレゼントをほめた。それは重厚な金のチェーンで、ロケットがついていた。だれもがなにかを贈られた。マデレイネのプレゼントがありきたりのイブニングバッグだったので、ブリタニアはほっとした。やがて自分の名前が呼ばれたときにはびっくりした。

「僕がもらってこよう。君はいい子だからプレゼントを贈られるに値すると、僕から聖ニコラスに言っておいたんだ」教授が言った。

彼がプレゼントを受け取って戻ってくると、ブリタニアは小さな声で礼を言い、リボンをほどいて箱を開けた。それは、ピンクと茶とクリーム色と緑の柄のグッチのスカーフで、とてもすてきだった。だれが買ってくれたのかと思っていると、教授がまるでブリタニアにきかれたかのように彼女の耳元でささやいた。「気に入ってくれるといいんだが。その色を見て、君を思い出したんだ」

ブリタニアはもう一度教授に礼を言った。今度は彼の目を見て。彼の温かいまなざしに、ブリタニアは思わずほほえんだ。そこへマデレイネが来て、教授の腕に手をかけ、自分へのプレゼントについて笑いながら感想を言った。危ないところだった。マデレイネが来なければ、教授になにを言っていたかわからない。

「まさに私が欲しかった色だわ」マデレイネが言った。「本当によくわかっているのね、ヤーケ。これを選んでくれるなんて」彼女はほほえみながらブリタニアを見た。「すてきなスカーフね。グッチのものなんて、今まで持ってなかったんじゃない？」

「ええ、そうよ」ブリタニアは言った。マデレイネの手が、まるで自分のものだと主張するように教授の腕にかかっている。「とてもうれしいわ」

エマが加わってブリタニアに話しかけたので、教授とマデレイネが立ち去るところを見られなかった。子供たちは、聖ニコラスが部屋をまわって退場するときに歌を歌い、レモネードを飲み、料理とアルファベット形のチョコレートを食べ、おやすみなさいを言いはじめた。子供たちが引きあげると部屋が広く感じられたが、ローズ色のランプと暖炉の炎の輝きに包まれて、とても温かい雰囲気だった。ほどなく、マリヌスが飲み物を持って現れた。どうやって二階に戻ろうかとブリタニアが考えはじめたとき、教授が戻ってきて彼女を抱きあげ、ダイニングルームへ向かった。彼は長テーブルの端のほうの椅子にブリタニアを座らせて、片足をクッション付きのスツールにのせた。

ブリタニアは抗議した。「だめよ。これは家族のディナーパーティだし、私はドレスアップしていないから」

「さっきもそんなことを言ったね。君の隣はコリンネの夫ヤンと叔父のオーム・イエルスだ。変な名前だと思うだろうね。フリースラント州の出身なんだ」

教授は両隣にブリタニアを紹介してから、テーブルの反対側の端に座ったので、教授を見ようとするときには、オーム・イエルスの巨体から身を乗り出さなければならなかった。だがブリタニアは、教授のようすに気をとられてせっかくのディナーをだいなしにするのはやめようと決めて、ヤンやオーム・イエルスと話をはずませた。

三人は会話を楽しんだ。いい会話といい料理にまさるものはない。そして、料理はすばらしかった。こくがあってクリーミーなロブスターのスープ。スパイスのきいたピーチ添えの骨付きローストポークは、教授が巧みに切り分けた。つけ合わせの野菜の皿をマリヌスと二人のメイドが配った。十七世紀に初めて使われた当時と同じ美しさをとどめている銀の食器と美しい磁器に盛られると、おいしさがさらに増すようだった。ブリタニアは料理を堪能(たんのう)した。

デザートも凝っていた。シャンパンに浮かせたマンゴーのスライスで、すばらしいワイングラスに入れて供された。マンゴーを食べたあと、シャンパンも飲んだので、食事が終わるころにはブリタニアはかなり幸せな気分になっていた。でも、コーヒーを飲んだらなにか言い訳をして部屋に戻ろう。結局これは家族の集まりなのだし、ほとんどの人はやさしくしてくれるけれど、私はやはり部外者なのだから。

部屋に引きあげるチャンスはかなり早くやってきた。リビングルームに戻るときに、教授が近づいてきたのだ。ブリタニアを運ぼうとしていることは明らかだった。

ブリタニアは彼が口を開く前に言った。「とても楽しかったわ。でも、よければ二階に連れていってくださらないかしら？」

「よくないよ」教授は声を落とさずに言ったので、ヤンとオーム・イエルスはかなりあからさまに聞き耳を立てた。それだけでなく、テーブルの向こうからマデレイネがこちらを見ていた。

「ちょっと疲れたの」

教授はブリタニアにほほえみかけた。「だったら、お互い譲歩しないか？　二人で、母がときどき使っている小さいほうのリビングルームに行って静かに話をするんだ」

その提案を聞いてとてもうれしかったのはシャンパンのせいだと、ブリタニアは自分に言い聞かせた。「でも、お客様たちをほうっておけないでしょう？」

「その役目はオーム・イエルスにまかせるよ。いいね？　それに、お客じゃなくて、みんな身内だ」

ブリタニアはまっすぐに教授を見た。二人の男性が耳をすましていてもかまわなかった。

「マデレイネは身内じゃないわ。違うかしら？」

「頑固なお嬢さんだね。彼女は身内じゃないが、この家の聖ニコラス・デーのパーティには毎年来ているんだ」彼は少し声を大きくしてつけ加えた。「もちろん君が望むなら、僕の部屋に連れていってもいいよ。そこでも気楽に話せるから」

そのとき、教授の母親が問題にけりをつけた。「あなたはまだお部屋に戻るには早いわ、ブリタニア。ヤーケに小さなリビングルームに連れていってもらったらどうかしら？　そこで休んでから、また私たちのところに戻ってくればいいでしょう」

ミセス・ファン・ティーンがいつから近くにいたのかはわからないが、もうどうでもよかった。ブリタニアがテーブルの向こうに目をやると、マデレイネの顔が見えた。その顔が悲しそうだったら、ブリタニアは承知しなかっただろうが、マデレイネは怒りに唇を引き締め、目を細めていた。「ええ」ブリタニアは言った。「もしご面倒じゃなかったら、そうさせていただくわ」

そこで教授はブリタニアを抱いて廊下を横切り、向かい側のドアを抜けて、小さな部屋に入った。とはいっても、ブリタニアの家の基準からすれば十分広い。この家の中でもかなり古い部屋のようだ。窓には格子がはめてあり、暖炉はオープン型で、大きな銅のフードがついていた。教授は暖炉のそばに置かれた摂政時代様式のソファに彼女を座らせると、二つのローズ色のテーブルランプの明かりだけを残し、壁の燭台風の照明をすべて消した。それから、彼女の向かい側の肘掛け椅子に座った。「この部屋は僕たちみんなのお気に入りなんだ」彼は楽しそうに言った。「僕たちが子供のころ、母はよくこの部屋を使っていた。縫い物をしている母のそばで、僕たちはおしゃべりしたものさ。父は家に戻るとすぐにここに来ていたな」

「お父様も外科医だったの？」

「ああ。祖父もね。父は十年前に亡くなった。母と年が離れていたんだ」

　ブリタニアは周囲を見まわした。教授が自分を〝僕のダーリン・ガール〟と呼び、おまけにキスをしたのを忘れているようなので、少し気が楽になっていた。アップルウッドや胡桃やマホガニーなどの繊細な寄せ木細工の家具は、真紅とブルーのカーテンや椅子カバーと完璧にマッチして調和がとれている。

「すてきなお部屋。本当にすばらしい家に住んでいるのね、ヤーケ」ブリタニアは思わずため息をついた。「ここに座って、縫い物をして……」

「僕は父とまったく同じことをするだろうな」ブリタニアがもの問いたげに見つめると、

教授が続けた。「夜、家に帰ったら、まっすぐここにいる君のところに来るよ」

ブリタニアは顔を赤らめ、厳しい口調で言った。「もしあなたがそんな冗談を言うために私をここに連れてきたのなら、部屋に戻りたいわ」

「君をここに連れてきたのは、落ち着いた静かなところで君に結婚を申し込みたかったからだ、ブリタニア」肘掛け椅子に座っている教授は、リラックスし、落ち着いていた。ブリタニアは彼をにらみつけようとして背筋を伸ばした。急に動いたせいで足首に痛みが走り、びくりとすると、教授がすぐにそばにやってきてクッションを直してくれた。「驚いているようだね。でも、僕がプロポーズすることはわかっていたはずじゃないのかな」

ブリタニアは憤然と言い返した。「もちろん驚いたわ！　足首を捻挫していなかったら、私はとっくにイギリスに帰っていたのよ。もしそうだったら、あなたはどうやって私にプロポーズするつもりだったの？」

「簡単さ。もっとも、君の家はかなり遠いから大変だっただろうけどね」

「ええ、そうね。でも、今話しているのは……その、マデレイネのことよ……」

「君は僕にいろんなことを言った。あんなに自分の意見をはっきり言う女性にはこれまで会ったことがないよ」

ブリタニアは教授の言葉を聞き流した。「だけど、彼女はここにいるわ。あなたの家に。あなたが招待したんでしょう？」

「本当のところ、招待はしなかった。マデレイネはずっと前から、聖ニコラス・デーは僕たちと一緒に過ごしてきたんだ。それを理解してほしい。もう来ないでくれとは言えないだろう？　彼女にとっても、僕たちにとっても、彼女が一緒にいるのが当たり前のことになっていたんだ。以前は、いずれ僕が彼女に結婚を申し込むものとみんな思っていたしね」

「彼女は今でもそう思っているの？」

「いや、それはないだろう。僕は彼女にプロポーズしたことはないし、僕にそのつもりがないことはもうわかっていると思う」

ブリタニアはいとおしげに教授を見つめた。男性というのは、いくら頭がよくても、ときどき愚かになって妙な勘違いをするものだ。あのマデレイネが自分以外の女性に教授をゆずったりするわけがないのに……。「あなた、私に好かれているという自信があるみたいだけど」ブリタニアはかすかに皮肉をこめて言った。

教授は眉を上げた。「もちろん自信はあるさ。いくら僕に説教したり、機会をとらえては僕を非難したりしても、君は僕を愛してる。そうだろう？」

「そうよ」ブリタニアは思いきって言った。

それを聞いて、教授はすぐにソファに座り、ブリタニアを抱き締めて満足そうに見つめた。「それでいい」教授は彼女の頭のてっぺんにキスをした。「それじゃ、具体的に検討しよう。いや、まず落ち着くのが先決だな」彼はブリタニアに腕をまわしてキスをした。かなり長いキスだったが、ブリタニアは抵抗しようとはしなかった。しばらくして、ようやく教授が尋ねた。「いつ病院をやめられる？」

ブリタニアは計算に集中できるようにと教授の肩から頭を起こした。「そうね。今日が十二月の五日だから、一カ月後の一月二日ね。でも、二週間の有休休暇をとってしまったし、怪我で一週間休んだから、それを足すと……」

「長すぎる。僕にまかせてくれないか。クリスマスの前に結婚できたらいいと思わないかい？」

ブリタニアはまた頭を上げて教授を見た。「ヤーケ……それじゃ三週間もないのよ！」

「それでも長すぎるよ。ここで結婚したいかい？　それともイギリスで？」

ブリタニアはすぐに言った。「イギリスで。ヤーケ、あなた、せかしすぎよ」

教授は腕に力をこめた。「そうだね。君の希望に合わせるよ」

ブリタニアは彼の顎にキスをした。「あなたは知れば知るほどすてきな人だわ。私はそれに慣れないと。数日、あるいは一週間待ってくれない？　そうしたらあなたの言うとおりにするから。約束するわ。私、両親にちゃんと伝えたいの。もちろん、あなたにどんなふうに出会ったかは言ってあるけど……」

「それじゃ、君も最初からわかっていたんだ」

「ええ。でも、ここで再会するとは思っていなかったわ」

教授は穏やかに笑った。「君がどこにいるかを僕が知っていたことを忘れているよ、マイ・ダーリン。僕は必ず君にまた会うつもりだった」

「私のことを辛辣だなんて言ったくせに」

「ときどきそうなるが、そんなことはまったく気にならない。とても楽しい」

「ねえ、私たち、そろそろ戻らないと。ずっとここにあなたといたいけど、無理だもの」

教授は笑い飛ばすように見えたが、考え直したようだった。「あと三十分ぐらいで君を部屋に連れていく。エミーがベッドの支度をしてくれている。足首は大丈夫かい？　明日、包帯をとろう。僕の午前中の診察が終わってからだ。包帯がとれたら、少しずつ足に体重をかけるようにするといい。無理をしないように気をつければ、すぐに歩けるようになるだろう」

教授はブリタニアを抱きあげてリビングルームに戻り、ドアの前でもう一度さっきのようにキスをしてから、ドアを開けた。

ブリタニアはまた暖炉のそばのソファに座った。教授は立ち去り、やがてグラスをのせたトレイを持つマリヌスと一緒に戻ってきた。そのうしろから、エミーがシャンパンの瓶を入れた銀のアイスバケットをかかえてついてくる。マリヌスはトレイを置くと、二本目のシャンパンを持ってきて、エミーはカナッペをのせたトレイを運んできた。聖ニコラスに乾杯したあと、だれかが部屋の向こうにあるグランドピアノを演奏し、みんなで聖ニコラスをたたえる伝統的な歌を歌った。ブリタニアはそのどれも知らなかったが、シャンパンの勢いを借り、メロディを拾って歌に加わった。マデレイネが部屋を横切って教授の隣に座るのを見ても、ブリタニアの幸福感は揺らがなかった。彼との結婚を思い描いているなんて、かわいそうなマデレイネ。ブリタニアは彼女を好きではなかったが、それでもちょっと気の毒だと思った。

しばらくして教授が立ちあがり、ソファのところに来て、ベッドに行く時間なのを思い出させた。そして、ブリタニアがみんなにおやすみを言うのを待ち、彼女を抱きあげて部屋まで運んだ。それからベッドに横たえ、頬にやさしくキスをしておやすみと言うと、好奇心たっぷりのコリンネを残して出ていった。

「だれもが知っている公然の秘密の一つね」コリンネがうれしそうに言った。「あなたたち、いつ発表するの?」

ブリタニアはガウンを脱ごうと格闘していた。「どうして知ったの?」

コリンネはくすりと笑った。「知ったんじゃないわ。推測したの。ママはとても喜んでいるわ。私たちもね」

ブリタニアは幸福感に包まれた。「うれしいわ。ただ、マデレイネが……」

「彼女は自惚(うぬぼ)れが強すぎて、兄が自分以外の女性を愛するなんて想像もできないはずよ」

コリンネはベッドの端に腰を下ろした。「私たちはみんな彼女が好きじゃないの。彼女はいつのまにか兄に近づいて、うまく立ちまわり、兄が行くところにはどこにでも一緒に行くようになっていたのよ。パーティにも、ディナーにも」

「それで……」そう言いかけたとき、エミーが入ってきたので、ブリタニアはがっかりした。コリンネはおとなしく出ていった。

マデレイネのことが気がかりとはいえ、あまりに幸せだったから、眠れないなどということはなかった。教授は私を愛していて、すぐにも結婚したがっている。ブリタニアはそのことを確信して熟睡した。

すばらしい幸福感は翌日の午前中も続いた。だれもなにも尋ねなかったが、みんなはブリタニアがもう家族の一員であるかのように会話に引き入れてくれた。

朝食のあとで教授が帰宅して、まっすぐブリタニアの部屋に来た。ズステルの手を借りて足首の包帯をとり、診察してから、順調に回復していると請け合った。そして、三十分後に戻ってくると告げた。それまでに着替えができるだろう。

「今の君に必要なのは、杖と頑丈な腕だ。あとで試してみよう」そこで教授はズステルの方を向いた。「明日からは君がいなくても大丈夫だ。明日、朝食が終わってから、君を送っていこう」

教授が出ていき、ブリタニアが着替えをしている間に、ズステルは部屋を片づけながら、教授とのことを聞いたとうれしそうに声をはずませた。「家じゅうの人が知っていて、みんなとても喜んでいるのよ」彼女はにっこりした。「教授はとてもすてきな方で、病院でも人気があるし、個人的に診ている患者もたくさんいるの。でも、そんなことはご存じよね？　それに、いばらないいし、もったいぶらないいし。大金持ちだけど、それもご存じよね。それで、結婚式はいつ？」

ブリタニアはわからないと言った。「まだなにも決めてないの。でも、派手な式にはしないと思うわ。落ち着いたら、ぜひ会いに来てちょうだい。とても親切にしていただいたから。あなたがいなかったら、本当に大変だったと思うわ」

ズステルは満足げな面持ちで言った。「あなたは模範的な患者さんだったわ。あら、教授が戻っていらした」

ブリタニアは念入りにメイクをし、ツイードのスカートによく似合うピンクのセーターを着て、つやが出るまで髪をとかしていた。そこへ教授が入ってきたので、幸せに顔を輝かせた。「これからずっと家にいるの？」

「夕方一時間ほど、診療所に戻らないといけない。患者が二人いるんだ。だが、ディナーには戻ってくる。足首はどうだい？」

「順調よ」教授は冷静な外科医としての一面を見せていた。ブリタニアは彼のその面についてはあまりなじみがなく、少し距離をおいて接した。それに、ズステルがいたので、そのほうが都合がよかった。

教授はブリタニアを抱きあげて一階へ連れていき、玄関ホールにある背の高い椅子に座らせてから、棚にしまってある杖を取りに行った。「家の中を見てまわりたいんじゃないかと思ってね。リビングルームと大きな応接室はもう見せたが、そこにも興味深い絵画が何点かあるし、銀細工も見る価値がある」彼はそっとブリタニアを立たせ、彼女を見て笑った。「なんだかいつもと違うね。急に恥ずかしがり屋になったのかい？」

ブリタニアはかぶりを振った。「いいえ、ええ、ちょっとだけ。だって、あなたのことをよく知らないから……」

「マイ・ダーリン、君は僕をよく知っているじゃないか。何度も僕の欠点を指摘したし、それを克服する方法もアドバイスしてくれた」教授はブリタニアを抱き締めた。

「あなたはひどい癇癪（かんしゃく）持ちだと思ってたわ……」

「実際そうだ。でも、今は違う」教授はまたブリタニアにキスをした。「リビングルームからにしよう。みんながいるが、かまわないだろう？」

午後はとても楽しかった。ブリタニアは美しいものが大好きだった。壁の肖像画の中にはすばらしいものが何点もあり、寄せ木細工のキャビネットに飾られた銀製品と磁器も見事だった。二人はリビングルームをしばらく見てから、ダイニングルーム、大応接室、最後に小さな応接室に入った。白い壁に、淡いピンクとブルーの家具。象眼細工の小テーブル。鉄製の暖炉の両わきに水彩画のコレクションが並んでいる。リケルト、ファン・スヘンデル、ファン・デル・ストクはヤーケの先祖が十九世紀に描かせたもので、その上にあるカラバインとファン・デフェンテールの風景画はこの数年で自分が購入したものだと教授が説明した。

「僕たちはこれから一緒に宝物をさがせるんだ」教授はそう言ってブリタニアにキスをし、彼女を抱いて狭い階段を下りた。「ここは家で最も古い部分に当たる。この階には娯楽室とガーデンルーム、それに音楽室があるんだ。ピアノは弾けるかい、ブリタニア？」

ブリタニアは、大きな出窓の前のスペースに置かれている小型グランドピアノまでゆっくりと歩いていった。「少しね」黄ばんだ鍵盤（けんばん）をたたいてから、スツールに腰をかけてショパンを弾きはじめた。多少間違っても陽気に弾いていると、教授が隣に座って一緒に弾きはじめたので、手をとめた。

「続けて、マイ・ラブ。僕はときどきここに来て三十分ぐらい弾くんだよ。これでまた共通の楽しみができたな！」

教授はピアノが上手だった。二人はマズルカからワルツに移った。弾きおえると、ブリタニアは言った。「ヤーケ、本当に上手なのね。思ってもみなかったわ……」

教授はにやりとした。「天才音楽家の子供が生まれるんじゃないかな」

「あら、だめよ」ブリタニアは言った。「音楽家じゃなくて、パパみたいなすばらしい外科医になるんだから」

「それじゃ、年をとったら僕のライバルがふえるね」

ブリタニアはまじめに返事した。「ライバルじゃないわ。あなたはあなたのお父様があなたにしたように技術を伝えるの。それに、あなたは年をとらないわ」

「マイ・ダーリン、僕たちには十五歳の開きがあるんだよ」彼はピアノの蓋（ふた）を閉め、そこに寄りかかって、かすかにからかうような笑みを浮かべて彼女を見た。

「十五歳なんてどうってことないわ」ブリタニアはきっぱりと言ってから、ふと気づいたように言った。「年が離れすぎていると思っているわけじゃないわよね？　結婚したあとで後悔したりしないわよね？　あなたは私のことをよく知らないし、私の家族のことはまったく知らないけど」

「考え直した？」

教授の声がほんの少し冷たくなったのに気づき、ブリタニアは急いで否定した。「いいえ、そうじゃないの」かすかに眉をひそめる。「こういうことよ。あなたと結婚したくてたまらなかったのが、こうして本当に結婚できるようになって、まだ信じられないの。夢みたいで、目が覚めるのが怖いのよ」

「それなら、君が間違っていることを証明しなければ」教授が情熱的なキスでそれを証明してくれたので、ブリタニアは疑いをすべて忘れて彼にキスを返した。

暗い冬の午後にもかかわらず、ガーデンルームは色彩にあふれていた。二人はぶらぶらと歩き、ブリタニアは菊や春の花やさまざまな鉢植え植物を観賞した。

「一人でこれだけの手入れをしているのね」ブリタニアは言った。

「コルという庭師が世話してくれているんだ。庭園と温室がいくつかあるから、もっと歩けるようになったら見に行こう。みんなと一緒にお茶を飲むかい？　それとも、ここにいたい？」

「あさってにはみなさん帰るんだし、まだあなたと話らしい話もしてないでしょう」教授と一緒にここにいたかったが、そんなことをしたら彼を独り占めしていると思われてしまう。二人はゆっくりと一階に戻り、みんなが集まっているリビングルームへ行った。子供たちもいた。二人のナニーが子供たちを見守り、赤ん坊は適当にだれかが抱いて、みんながひっきりなしにしゃべっていた。ブリタニアはソファに座り、すぐに楽しい会話に加わった。ブリタニアが家族に加わることは公然の話題となり、新年になったらまた会えるとみんなが口々に言った。

「寝室を全部用意しないといけないのよ、ブリタニア。私たち全員で来るから。エミーは何日も前から料理を準備するの」

ブリタニアはかすかな不安を抑えつけた。そんなおおぜいのお客をもてなすことが私にできるかしら？　私にできないことはほかにもまだたくさんある。ヤーケは私がなにもかもわきまえているとでも思っているのかしら？　一瞬、マデレイネなら完璧な接待役になれるはずだという考えが頭をよぎった。私がなにかへまをしたら、ヤーケは私を恥ずかしいと思うだろうか？　そこで彼女は教授がこちらを見ているのに気がついた。彼はかすかに首を振ってほほえんだ。まるで彼女の考えを読み取ったかのように。

次の日の午後、教授はブリタニアを連れて自分の診療所に行った。そこで数人の患者を診る予定になっていたのだ。秘書のミエンや受付兼看護師のウィラと会ういい機会だった。二人の共同経営者にも会ってみたかったが、一人は休暇で、もう一人は出張でルクセンブルクに行っているという。

「寒くないかい？」アーネムに向かう車の中で教授が尋ねた。ブリタニアはうなずいた。こんなすばらしい車の中で寒いわけがない。するとまた彼が言った。「君に毛皮のコートをプレゼントしたいが、そんなことをするのは早すぎるだろうね」彼は空軍のジープの列を追い抜いた。「指輪もまだ贈っていないんだから」

どうして教授の言葉を聞いて寂しくなったのか、ブリタニアにはわからなかった。待ってほしいと頼んだのは私なのに。彼の方を見ると厳しい表情をしていた。彼女はそっと言った。「ええ、そうね」彼が返事をしなかったので、ブリタニアはそれ以上なにも言わなかった。アーネムの静かなわき道沿いに立つ細長い家で車をとめると、教授は穏やかな顔でブリタニアを見た。

「僕がそっちにまわるまで待ってくれ」彼が言った。「君を抱いて階段を上がらなくてはならない。エレベーターの調子が悪いんだ」

彼の診療所は二階のフロア全部だった。三つの診察室と快適な待合室に、ミエン用の小さな個室と、ウィラが使う小さな処置室もあった。ミエンは眼鏡をかけた平凡な顔立ちの女性で、笑顔がとても印象的だった。ブリタニアはすべてに魅せられ、教授が診察をしている間、流暢(りゅうちょう)な英語を話すミエンとずっと一緒に過ごした。

「ここは診療所としては大きいほうよ」ミエンが説明した。「教授はここ以外にも病院に何床もベッドを持っているわ。週に何度かは手術をするし、ユトレヒトからロンドン、ウィーンにまで出張するのよ」

ブリタニアは教授のことならなんでも知りたかった。もうすぐ結婚するのに、彼については知らないことがたくさんある。ミエンが電話に出ている間、ブリタニアは楽しい想像にふけった。彼と結婚したら、きっとすばらしい毎日が過ごせるわ。

8

翌日みんなが帰り、古い屋敷はとても静かになった。ミセス・ファン・ティーンだけが残った。教授は朝食の前に出かけ、彼の母親は食後に、まだ見ていない部屋を案内するとブリタニアに言った。「あなたが階段を上がれるならね。あなたの足首に悪いことをなにかさせたりしたら、ヤーケは私を許さないでしょうから」

「大丈夫です」ブリタニアは陽気に言った。「ずいぶんよくなりましたから。ぜひご一緒させてください」

二人はほぼ午前中いっぱい家の中を見てまわった。見るものがたくさんあった。いくつものすばらしい寝室は貴重なアンティークの家具や装飾に満ちていた。名前の由来はわからないが、〝ミセスの小部屋〟と代々呼ばれてきた小さなかわいい部屋もあった。裁縫台のシルクの裏打ちは当初のままで、色あせてはいたが、まだ十分に使える状態だった。何脚もある小さな椅子は座り心地がとてもいいとミセス・ファン・ティーンが請け合った。見事な象眼細工のアップルウッドのゲームテーブルがすえられ、窓辺にはコーヒーテーブルと対の椅子が置かれている。カーテンはくすんだ緑色と青色の織物で、磨かれた木の床には豪華な敷物が敷いてあった。テーブルランプは現代の品で、部屋にマッチした小さな銀のランプにピーチ色のシェードがついている。

〝ミセスの小部屋〟に座って当たりさわりのない会話をしていると、ミセス・ファン・ティーンが突然話題を変えた。「あなたになにも言わなかったのは、あなたがプロポーズについて二、三日考えたがっているとヤーケから聞いたからなの。でも、私たち、あなたがイエスと言ってくれることを願っているのよ。実際のところ、私たち全員が、ヤーケとマデレイネ・デ・フェンズの結婚には反対なの」教授の母親はため息をついた。「でも、私たちがなにを言ってもヤーケは耳を傾けないから。いずれは彼女と結婚するんじゃないかって心配していたのよ。ヤーケがあなたに一目惚(ぼ)れしたと聞いたとき、私がどんなにうれしかったかわかるでしょう」

「教授は彼女と結婚するつもりだったんですね」ブリタニアは言った。

教授の母親はブリタニアの言葉を訂正した。「彼女がヤーケと結婚するつもりだったのよ」

それはわかっていた。ブリタニアは優美な小像を取りあげると、鮮やかなブルーの釉(うわ)薬(ぐすり)をほめ、底を見て、うわの空で言った。「ロングトン・ホール工房。十八世紀中葉。とてもすてき。マデレイネは私を嫌っていますわ」

「やきもちに決まってるでしょ、ブリタニア。まさか彼女が怖いわけじゃないわよね？」

「ええ、そういうわけじゃありません。ただ、彼女は今、教授の生活の一部になっていますから、そう簡単には縁は切れないでしょう。彼女は私が持っていないものをたくさん持っていますし。血筋とか、上流社会のマナーや言いまわしとか。彼の友達は全部知っているし、どんなふうに家を切り盛りしたらいいかも……」

ミセス・ファン・ティーンは嘲るように優雅に鼻を鳴らした。「ヤーケの使用人が彼女を嫌っているのを知ってる？　犬だって彼女を避けるのよ」そう言いながら、近くにおとなしく座っている二匹の犬を眺める。「それに、ブリタニア、私はあなたのマナーのほうがずっと好きよ。マデレイネは確かに洗練されているし、どんな社交の場でも通用するでしょうけど、温かさがないの。ヤーケへの愛情は完璧に利己的なものよ。もしも愛情と呼べるとしたらね。もしヤーケが一夜で財産を失ったり不治の病にかかったりしたら、彼女はさっさと見捨てるわ。でも、あなたはそんな人じゃない」

「ええ」ブリタニアは率直に言った。「私、彼が好きでたまらないんです。自分が彼を不幸せにすると思ったら、出ていきます」ブリタニアは顔をしかめた。そこまでドラマチックに言うつもりはなかったのだ。ずいぶんおおげさだと思われたかもしれない。

だが、ミセス・ファン・ティーンはそうは思わず、大きくうなずいた。「そうだと思ってたわ」

二人はしばらく幸せな気持ちにひたって黙っていた。それから、また家の中を見てまわった。今度は、一階にある残りの寝室と家の奥にある古い大きな育児室だ。教授が子供のころとまったく変わっていないらしい。しばらく無言で見てまわってから、ミセス・ファン・ティーンが穏やかに言った。「ヤーケの世話係は、コリンネが保育園を出たときに結婚したの。彼女には娘がいて、やはりナニーになっているわ。お母さんと同じように気持ちのいい家庭的な女性よ」

ブリタニアは真っ赤になったが、彼女らしい率直さで尋ねた。「つまり、もし私たちが彼女を必要とするときには、来てもらえるということですね」

「そういうこと。もう戻ったほうがいいわね。この通路の奥にも小さな階段があるけれど、あなたには狭すぎるから。あなたがもっと歩けるようになるまで最上階はとっておきましょう。そこからの眺めはすばらしいのよ。子供たちが小さかったとき、部屋の一つをゲーム室にしたの。子供が好きなやかましいゲームができるように。ほかの部屋は使用人たちの部屋で、専用のリビングルームもあるのよ。屋根裏部屋は代々のがらくたでいっぱい」

二人は引き返した。二階に着くと、ブリタニアは礼儀正しく言った。「いろいろ見せてくださってありがとうございました。とてもすてきでした。よろしければ、昼食前に三十分ほど足を上げて休ませておきたいんですけど。ちょっと重くなってきて」

それは本当だったが、考える時間も欲しかった。ブリタニアは心のどこかでマデレイネに不安を感じていた。ヤーケを取り戻すためなら、彼女はどんなことでもするだろう。もしも彼女が以前ヤーケと深い関係だったとしたら……。ブリタニアはソファに横になって、冷静に考えようとした。考えを整理して、どうするか決めよう。だが、もちろん堂々めぐりだった。自分の望みはわかっている。ヤーケと結婚したいのだ。だから、彼がまた結婚のことを話題にしたら、正直に伝えよう。その単純きわまりない結論にたどり着くと、彼女はようやく目を閉じた。

　教授は昼食が終わってから帰ってくると、ブリタニアの足首を診て、順調に治っていると請け合った。それから、ヒルフェルスムの郊外にドライブして、友人のレイロフに会いに行こうと言った。「奥さんはイギリス人で、ローラという名前なんだ。君と気が合うと思うよ」

「今日はもう患者さんはいないの？」

「いるけど、僕の診療所に六時半に来ることになってる。それから病院に行って担当の患者を一人診るが、それまでは空いているんだ。行きたいかい？」

　もちろん、一緒に行きたいわ。ブリタニアはマデレイネのことを頭から追い出し、コートを着て、階段を下りた。

「すばらしい回復ぶりだ」教授が言った。「だが、階段には気をつけて。あと一日かそこらは杖を使ったほうがいい」

肌を刺すように寒い日だった。アペルドールンまで、薄日に照らされた美しい風景が続いた。高速道路にのるまでの間に、ブリタニアは午前中の出来事を教授に話した。そのあと、アメルスホールトに向かっているときも楽しかった。彼が自分たちの未来についてなにも言わないのでちょっとがっかりしたにせよ、そのことで楽しい気持ちをそがれないようにした。アメルスホールトで高速道路を下り、バールンに向かう。快適な町を一、二キロ走ってから、美しい並木通りに沿って進み、やがて煉瓦の門柱を抜けて短い私道に入り、大きな屋敷の前で車をとめた。石造りの手すりのある広いポーチがあった。

教授に手を貸してもらって車から降りながら、ブリタニアは尋ねた。「私たちが来るのを知っているの？」

「今朝レイロフに会ったときに言っておいたよ」

教授の言葉を証明するかのようにドアが開き、グレーの髪ときれいな瞳をした、少女のような小柄な女性が飛び出してきた。「レイロフからあなたたちが来るって聞いたの。うれしいわ」彼女は教授のキスを受け、ブリタニアに言った。「ローラよ。レイロフとヤーケは幼なじみなの。私たちも仲よくできるといいんだけど」ほほえみで顔が輝く。「さあ、入って。レイロフはリビングルームで双子をみているわ。今日はナニーが休みなの」

ローラが二人を家に招き入れると、白髪の男性がコートを受け取り、ヤーケに挨拶して、ピエトだと自己紹介した。ピエトがいないとこの家はどうしようもないのだと、ローラが言った。

レイロフは赤ん坊を肩にのせて窓辺に立っていた。赤ん坊はかなり大きな声を出していたが、彼は少しも動じていなかった。そして、まるで何週間も会っていなかったかのようにヤーケと握手してから、ブリタニアに言った。「ヤーケと僕は昔からの友達だから、僕が君にキスしても彼は気にしないと思うよ」彼はにやりとした。「彼はいつもローラにキスしているからね」レイロフがローラを愛情のこもったまなざしで見るのを目の当たりにして、ブリタニアは息をのみ、彼の次の言葉を聞いてほほえんだ。「今はとにかく大変なんだ。双子が一カ月前に生まれて、毎日が双子中心にまわってる」

ブリタニアはレイロフが抱いている子供を見た。父親ゆずりの暗褐色の髪で、むずかっている。もう一人の赤ん坊も暗褐色の髪だが、揺り籠(かご)の中ですやすやと眠っていた。「こちらは女の子？」ブリタニアが尋ねると、ローラがうなずいた。

「ええ。両方一度に授かるなんてすてきでしょう？　この子はベアトリク・ローラで、こっちはもちろんレイロフよ」

叫ぶのをやめたレイロフ・ジュニアは揺り籠に寝かされ、二人の男性はレイロフの書斎に行った。ブリタニアはローラとおしゃべりした。話すことはいくらでもあった。共通点がたくさんあったからだ。ピエトが紅茶のトレイを持ってきてレイロフを呼びに行くと、ローラが尋ねた。「詮索(せんさく)好きというわけではないんだけれど、あなたたちは結婚するの？」

「ええ」ブリタニアは言った。「そうしたいと思っているけど、具体的なことはまだなにも決まっていないの」

そこへ二人の男性が戻ってきたので、女性たちにはほほえみを交わす時間しかなかった。それから、たわいもない会話が続いた。二人はほどなくそこを出て、フンデルローへ向かった。教授にあまり時間がなかったからだ。ブリタニアが今の訪問について陽気に話してもほとんど返事が返ってこなかったのは、そのせいなのだろう。ちらりと見ると、彼はなにか考え事をしているように見えた。唇を引き締め、かすかに顔をしかめている。話をしようという気持ちがしだいになえ、ブリタニアは黙りこんだ。彼はなにかにいらだっている。やがてついに沈黙に耐えられなくなって、彼女は尋ねた。「あなた、とてもいらいらしているようだけど、私がなにかした？」

スピードを出していたので、教授は彼女の方を見なかった。「いや。君が楽しそうでうれしいよ」どこかうわの空のようすだ。

家に着くまで二人は話をしなかった。教授はブリタニアを車から降ろして家の中に促した。「一人で階段を上がれるわ」ブリタニアは明るく言った。「いい機会よ。あなたはまた出かけるんだし」

ブリタニアは教授の返事を待たずに杖をしっかりついて、一人でも平気なところを見せようときびきびと歩いた。だが、彼の足音が廊下を横切って書斎に消えたとたん、ほっとして、階段の手すりに寄りかかった。教授が書斎のドアを閉めるのを忘れたことに気づいたとき、電話のボタンを押すかすかな音に続き、彼が受話器を持ちあげて〝マデレイネ?〟と言ったのが聞こえ、ブリタニアは凍りついた。

オランダ語が少しはわかるようになっていたブリタニアには、教授がなにを言っているのかわかった。明日の午後会いたいから、家にいるかと彼は尋ねていた。ブリタニアは階段を上がりはじめたが、今の電話が彼の機嫌の悪さに関係があるのではないかという気がした。そんなはずがないと自分を納得させるまでに数分かかった。当然のことながら、彼にはだれにでも電話をかける権利があり、そのだれかがマデレイネであっても、私がショックを受けることはない。

ブリタニアはコートを脱ぎ、髪をほどいて、メイクを落とした。たぶん、教授は今日とても忙しくて、本当は友達のところに行きたくなくなっていたのかもしれない。ブリタニアが再び一階に下りると、教授はもう出かけていた。彼の母親はいつもと変わりなく、暖炉のそばに座っている。ブリタニアは想像をふくらませすぎだと心の中で自分を叱り、午後の出来事について陽気に話しはじめた。教授が帰ってきたら、またすべてがうまくいくわ。

あいにく教授は帰ってこなかった。夕食の席につく直前に、緊急手術があるので、病院で食べると連絡してきた。ブリタニアはミセス・ファン・ティーンと遅くまで話していたが、やがて部屋に引き取り、横になって車の音に耳をすました。だが、車の音がする前に寝入ってしまった。

翌朝、教授が朝食のテーブルについているのを見て、ブリタニアはうれしくなった。しかし、彼の考えこんだようすを見て、喜びが吹き飛んだ。なにを考えているのかききたくてたまらなかったが、ブリタニアは明るくおはようと声をかけた。「今夜はあまり忙しくなければいいけれど。朝から病院に行くの?」

教授は読んでいた手紙から目を上げた。「そうなんだ。お茶の時間がすむまで家には戻らないと思う。君は今日なにか予定があるのかい? 足首にあまり負担をかけないように気をつけて。せっかくこんなに早く回復したんだから、それをだいなしにすることはない」

ブリタニアは教授がほかになにか言うかと思って待った。二人の未来について。彼はそのことで考えこんでいるのかもしれない。私から言いだすべきだろうか? いや、彼から切り出してくれなければ、私からは言いにくい。結局教授がなにも言わないので、ブリタニアは明るく言った。「ええ、気をつけるわ。午前中はのんびりするつもり。あなたのお母様がフンデルローのお友達のところにいらっしゃるから」

「ああ、ヨンクフラウェ・デ・ティエレだね。無二の親友なんだ」教授は何通もの手紙をジャケットのポケットに入れ、テーブルをまわってブリタニアにキスをしてから、あっさり言った。「じゃあ、夜に」

ブリタニアは顔をしかめてコーヒーをついだ。午後マデレイネと会うことを話してくれてもいいのに。それに、彼女に会う理由も。結婚するつもりの二人の間に秘密があっていいわけがない。でも、私がちゃんと返事をしていないから、彼のほうもマデレイネのことまで言う必要がないと思っているのかもしれない。きっと、私はやきもちをやいているだけなんだわ。

その日遅く、ブリタニアは夕食のために着替えをしながら、悪いのは自分だと納得することができた。たとえ遅くなっても、教授は家に帰ってきたのだから。確かに、いつものやさしい彼ではなくて、キスもそっけなかったけれど、話に加わったときにはしかめっ面もしていなかったし、ほっとしているようにも見えた。だから、なにかマデレイネに関係のあることがあったとしても、もう解決したに違いない。ブリタニアはダークグリーンのワンピースを着た自分の姿を鏡に映してみた。なかなかいいじゃないの。顔の表情というのは、安心するとこんなに変わるものなのだ。彼女はゆっくりと階段を下りていき、楽しい夜を過ごした。ミセス・ファン・ティーンが友人を連れて帰ってきたので、夜は四人でブリッジに興じた。

翌朝、朝食に下りていくと、教授は出かけたあとだった。「夜、呼び出しがありまして」マリヌスが言った。「高速道路で大きな事故があったんです。いったん着替えに戻られて、シャワーを浴び、朝食を召しあがって、七時半にはお出かけになりました。今日はお忙しいことでしょう」

ブリタニアは礼を言ってからつけ加えた。「あなたの英語はとても流暢だけれど、イギリスで暮らしていたことがあるの？」

マリヌスはうれしそうに咳払いをした。「アーネムから出たことはありませんが、以前にイギリス兵と接触がありまして」

「戦争中の地下活動？」ブリタニアは興味をそそられて尋ねた。

「そうとも言えます。このあたりは、だれでも多かれ少なかれ参加していました。私はまだ若い時分にこのお屋敷にうかがうようになったのですが、旦那様のお父上が、英語の単語をたくさん知っているのに英語を学ばないのはもったいないとお考えになりましてね」

「すばらしいわ。オランダ語を話せない私やほかの人たちは本当に助かるもの」

「お役に立ってなによりです。コーヒーをいれ直しましょうか？」

「いいえ、けっこうよ、ありがとう。教授は図書室で本でも読んだらどうかと言っていたから、そうするわ。ミセス・ファン・ティーンは外出されるのでしょう？」

「はい。では、少ししたら、図書室にコーヒーをお持ちします。お一人なので、昼食は小さなリビングルームのほうがよろしいかと」

ブリタニアは立ちあがってドアに向かった。足首の捻挫はほとんど完治し、もう杖は使っていなかった。「ありがとう、マリヌス。よろしくね」彼女がほほえみかけると、マリヌスも笑みを返した。

すてきな女性だとマリヌスは思った。いい奥様になることだろう。

ブリタニアは午前中を快適に過ごした。公共の図書館以外でこんなにたくさんの本を目にしたのは初めてだった。希少な初版本だけでなく、良書の総合的なコレクションになっている。彼女が夢中になって見ていると、マリヌスがコーヒーのトレイを取りに来て、昼食の用意がもうすぐできると言った。

食事がすんだらまた図書室に戻るつもりだったが、リビングルームの肘掛け椅子が心地よかったので、ブリタニアは暖炉のそばで読書をしようと思い、廃刊になった昔の雑誌を持ってきた。外は早くも暗くなりかけている。読書灯をつけて、本を開いた。たぶん、教授はお茶の時間には家に戻るだろう。大変な一日のはずだから、二人の未来のことを話すのはあとにしたほうがいいかもしれない。

最初のページを開いたとき、ドアベルが鳴った。ブリタニアはだれかと思って目を上げた。ミセス・ファン・ティーンは夕方まで帰らないはずだ。オランダ語をあまり話せないから、お客だったら困る。

ドアが開いたので、そちらを見ると、マリヌスの姿が見えた。しかし、彼が口を開く前に、マデレイネが彼を押しのけて入ってきてドアを閉めた。

ブリタニアはとっさにいらだちを覚えたが、それはすぐに驚きに変わった。いつものマデレイネではなかったからだ。メイクが落ちかけ、髪が乱れて、服がよれている。ブリタニアは椅子から立ちあがった。「具合が悪いの？」

マデレイネは首を横に振った。「いいえ、違うわ。迷っていたの。今も迷っているわ。ここに来てあなたに話をしようかどうしようかと。信じてもらえないでしょうけど」彼女はあきらめたように肩をすくめた。「今だって、こんなことをしてなんの役に立つのかって思ってるわ。でも、こうしなければならないって……」

「ヤーケのことね」ブリタニアは寒気を覚えながら言った。

マデレイネはうなずいた。「ええ……あなたには正直でありたいから言うけど……ヤーケのことよ」

「そして……あなたが言いたいのは……あなたにとって大事なこと、それとも彼にとって大事なことなの？　私、聞きたくないわ。彼が帰ってくるまで待って、彼がいるところで言ったらどう？」

「彼はもう知っているわ」

二人は居心地のいい部屋で向かい合っていた。

「私を困らせるつもりね」ブリタニアは言った。

マデレイネが一歩近づいた。「私、あなたが嫌いよ、ブリタニア。でも、話し合う必要があるの。あなたを困らせるためじゃないわ。今あなたに言っておかないと、ますますみんなが不幸になるのよ」

ブリタニアは当惑した。マデレイネは本心を言っているように見える。顔が真っ青で、緊張しているようだ。彼女のことを誤解していたのかもしれない。「だったら聞くわ」ブリタニアは穏やかに言った。

マデレイネは座らなかった。「私がヤーケと結婚しようと思っていたことは知っているでしょう。彼が選んだのがあなただと聞いてショックだったわ。私たち、何年も前からの知り合いだったから」一瞬、顔をそむける。「でも、それだけじゃないの。あなた、彼が本当にあなたと結婚したがっていると思う？　つまり、彼はあなたを愛しているのかしら？　結婚に必要な永遠の愛情を持っているの？」マデレイネは真剣な面持ちでブリタニアを見た。「あなたはなんでも思ったことを率直に口にするから、彼にはそれがおもしろいのよ。でもしばらくしたら、そんな新鮮味も薄れて、彼はいらいらするようになるでしょうね。あなたたちは違いすぎるから。あなたは彼の世界の人間じゃないわ。意外な形で出会ったから、彼にはあなたが、なんていうか、魅力的に見えたのよ。でも、どうせすぐに飽きるわ。あなたはこの家のような大きな屋敷の切り盛りの仕方を知らないし、彼が望むようなお客のもてなし方もわきまえていないでしょう。ちゃんとした身だしなみもできないし、オランダ語も話せない。たとえ彼が今あなたを愛しているにしても、そういうことが二人の間の壁になる日がこないなんて言えるかしら？　そんなことは起きないって、あなた、断言できる？」

ブリタニアは立ちあがって窓辺へ行き、外を見た。彼女の心と同じ灰色の景色が広がっていた。「断言なんてだれにもできないと思うわ」努めて落ち着いた声を出そうとした。マデレイネはブリタニアの迷いを的確についていたが、それを悟られたくなかった。今マデレイネの言ったことはすべてブリタニアが考えていたことだった。

マデレイネが続けた。「結婚したいのは私のほうで、ヤーケが私を愛したことはないとあなたは思っているでしょうけど、そうじゃないの。彼は私を愛しているわ。あなたへの感情は、愛じゃなくて、一時的なのぼせあがりよ。彼はもう後悔しているわ。そのことなら証明できるわよ」

ブリタニアは振り返らなかった。だから、マデレイネが自分の言葉の効果を確かめるようにブリタニアをちらりと見てからバッグを開け、封筒を取り出したのに気づかなかった。マデレイネはブリタニアに近づいて封筒を渡した。そこには教授の筆跡でマデレイネの名前が書いてあり、開封されていた。マデレイネは中の便箋（びんせん）を取り出した。そこにも教授の読みにくいなぐり書きの字が並んでいた。

「オランダ語なの。でも、訳して読んであげるわ。それですべて説明がつくから」マデレイネはブリタニアから便箋を取りあげた。書き出しに〝メイン・リーフェリンク〟とあったが、たたんであったので、その先は見えなかった。英語の〝マイ・ダーリン〟だが、英語よりももっと重い意味があり、本当に大事な人に使う言葉だということをブリタニアは知っていた。マデレイネはブリタニアの考えを読んだように、静かに言った。「私たちは英語のような意味で〝リーフェリンク〟という言葉を使わないのよ。それ以上の意味があるの」彼女は便箋を広げてブリタニアに近づき、手紙の最後に書かれたヤーケのサインを見せた。

ブリタニアはそれを見て、なにかの間違いだとぼんやりと思った。「せっかくだけど、聞きたくないわ」

「でも、聞いてもらうわ」マデレイネが言った。「そうしなければ私の言うことを信じないでしょうから。ヤーケと私のことを知ったら、あなた……」マデレイネはまたブリタニアのようすをうかがった。ブリタニアは椅子に戻り、膝の上で手を握っていた。「私たちはみんな、正直にならないといけないと思うの。だから、そうしようと思って」マデレイネはまことしやかに言った。そして窓辺へ行き、手紙を読みはじめた。「マイ・ダーリン……」

「やめて」ブリタニアは叫ぶように言ったが、マデレイネは無視した。

「最近あまり会っていないが、君に伝えたいことがたくさんある。君がいるのに、ほかのだれかをほんの少しでも愛していると錯覚していた理由を伝えたい。これから彼女に会って、僕が君と結婚することを伝えるつもりだ。彼女は理解してくれると思う。なぜなら、僕への彼女の気持ちはそれほど深くないからだ。なぜ手紙ではなく、直接会って言わないのかと思っているだろうね。だが、そのチャンスがなぜかなかなかない。だから手紙にした。愛をこめて、ヤーケ」

「その手紙をいつ受け取ったの?」ブリタニアはかすれた小さな声で尋ねた。

「マリヌスが今朝持ってきたのよ」マデレイネはゆっくりと使用人用の呼び鈴のところへ行った。「マリヌスを呼ぶわ。彼から聞けばあなたも信じるでしょうから」

その声がひどく苦々しかったので、ブリタニアは言った。「その必要はないわ」彼女は立ちあがった。「ヤーケは昨日あなたに会いに行ったんでしょう?」

「ええ。それで、まずあなたと話をしなければならないと思ったのよ」

ブリタニアは時計を見た。教授はもうすぐ帰ってくる。彼はなんと言うだろうか?

マデレイネが静かに言った。「男の人って、たとえ古くなじんだものを愛していても、新しいものと出会えば、そのたびに一時的に好きになるのよ」

マデレイネがコートを着て出ていこうとしたので、ブリタニアは立ちあがった。

「来てくださって、ありがとう。あなたが正しいと思ったことをしたのはわかっているわ。私も自分がどうすべきかはわかっているつもりよ……」ブリタニアは平静な声を出そうと深呼吸をした。「あなたたち、きっと幸せになれるでしょうね。私、あなたたちが愛し合っていたのを知らなかったの」

マデレイネは無言で出ていった。

三十分後、教授が帰ってきた。ブリタニアはそれまでに自分の考えを整理しておこうと思っていたが、無理だった。マデレイネの言葉には真実が含まれていた。本当のことを話しているようにも聞こえた。それに、とても動揺していた。そして、手紙は本物だった……。

それで、教授が部屋に入ってきたとき、ブリタニアは思っていたことをそのままぶつけた。「あなた、昨日マデレイネに会いに行ったのね」

教授は立ちどまってブリタニアを見つめた。「そうだ」

教授の顔からほほえみが消え、唇がきつく引き結ばれたのを見て、ブリタニアはさらに追及した。「彼女がそう言ったのよ。それに手紙も見せてもらったの。彼女が嘘をついたとは思っていないけど、なにかの間違いかもしれないという気もしたわ。私がちゃんと理解していなかったんじゃないかって……」

「僕も理解できないよ。マデレイネがここに来たんだね？」教授は顔をしかめた。「それに、手紙だって？」

彼がいぶかしげに目を細めたので、ブリタニアは勇気がなえないうちにと早口で言った。「あなたが彼女に書いた手紙よ。それを私に見せてくれたの。書き出しと、最後のあなたのサインをね。それ以上は見たくなかった。聞きたくもなかったけど、彼女は英語に訳して読むって言い張ったわ。そうしないと、私は彼女の言うことを信じないからって」

「だが、君は彼女の言うことを信じた。彼女の言葉をうのみにした」教授は不機嫌そうに唇をゆがめた。

「あら」ブリタニアはかっとした。「また癇癪を……」

「まだ起こしてない。だが、すぐに癇癪を起こすことになるだろう。僕を信じてくれていると思っていたのに、ブリタニア」

ブリタニアは途方にくれて教授を見つめた。私がばかなことを始めてしまったのだ。もう修復できないかもしれない。「あとにしましょう」彼女は静かに言った。「私が悪かったわ。いきなり責めたてて」

「今話そう」教授は怒りで尊大になっていた。「僕が二股をかけていたと非難しているようだが、それなら今解決しておきたい。君はおいしい食事とウイスキーのあとなら僕をまるめこみやすいと思っているようだがね」

ブリタニアはくじかなかったほうの足で床を打ち鳴らした。「あなたってどうしようもない人だわ！　話を聞こうともしないのね。聞きたくないから。なにか事情があるはずなのに、それも話さないで、私にどなるだけだなんて。あなたって、本当に癇癪持ちで、傲慢で、聞く耳を持たなくて……」

「聞く耳を持たないだって？　このとおり、聞きたくもない君の長話をずっと聞いているじゃないか」

「私はただ……あなたが説明してくれると思って」

教授は眉を上げた。「君にはなにも言うつもりはない」彼は嘲笑った。「どうやら、マデレイネが僕のかわりに言ってくれて、君はそれを信じたということらしいな」

ブリタニアは絶望に駆られて教授を見た。「あなたが本当に愛していて結婚したいのは自分だって、マデレイネは言ったわ。手紙さえなければ、私だってそんなことは信じなかったのに」

「へえ、手紙ね。そして君は僕のことを、君の愛情をもてあそんで最後には捨てる人間だと思ったわけか？」彼は暖炉の前に行って薪をくべた。「君がそう思っているのなら、これ以上言うことはない」

ブリタニアはぞっとした。「ヤーケ、喧嘩はやめましょうよ……」

教授は肩ごしに振り向いた。「喧嘩などしていない。僕は言うべきことを言っただけだ」

「あなたはなにも言ってないわ。ただ皮肉を投げつけているだけよ」ブリタニアは一瞬声を震わせた。「私たち、お互いに正直でいると思っていたのに……」

教授は無表情だった。「君に正直でいて、なんになるというんだ？　なんにもならないさ。君になにを説明すべきだったかわからないが、たとえそんなものがあったにせよ、もうなにも説明するつもりはないよ」

「でも、ヤーケ、あなたは知っているはずよ」

「推測でしかないさ」教授はまた嘲るような笑みを浮かべた。「この部屋に入ってきたときに君に言おうと思っていたこともあったが、もうそれを伝える意味さえないよ」

9

「私、イギリスに帰るわ」ブリタニアはゆっくりと言った。

「当然だ」教授は猛烈に怒っていた。瞳はブルーの氷のようで、鼻孔がふくらんでいる。

「送っていこう」彼は腕時計を見た。「フーク・ファン・ホラントから夜行フェリーに乗れるだろう。三十分あれば荷物をまとめられると思うが」

ブリタニアは目を見開いた。「三十分？　夜行フェリー？　ヤーケ、あなた、頭に血がのぼっていて自分がなにを言っているのかわからないのね」

「確かに頭に血がのぼっているが、なにを言っているかはよくわかってる。明日の午後には君の家に着けるだろう」

「送ってくれなくていいわ」ブリタニアは喧嘩腰で言った。

「いや」教授はブリタニアをにらみつけた。「できるだけ早くこの家から立ち去りたいんだろう？　少なくともそれに手を貸すことはできる」

ブリタニアは喉につかえた大きな塊をのみこんだ。「ヤーケ、わかってよ。私にはマデレイネを傷つけることなんてできないの。彼女のことは嫌いだけど……」

「僕を傷つけることはなんとも思わないってわけだ」教授の嘲るような声を聞いて、ブリタニアの体に震えが走った。

涙が出てきそうだったが、今泣くわけにはいかなかった。ブリタニアはかすかに声を震わせながらも静かに言った。「ヤーケ、話をすることはできないの？ あなたは私になんのチャンスも与えてくれてないのよ。私になにも言ってくれてない――」

教授の冷たい声が彼女の混乱した思いをさえぎった。「どうして君に言わなければならないんだ？ もう知っているのに」

絶望的だ。マデレイネを愛していることを自分で言う前に私が知ってしまったから、彼はこんなに怒っているのだ。「私のことなんかそのうち忘れてしまうんでしょうね」ブリタニアはみじめな気持ちで言った。

教授はいやみたっぷりにほほえんだ。「そのことを君と話す気はないね、ブリタニア。君は女の典型だな。立ちどまって考えることさえしないで、結論に飛びついたんだ」

「考えたわよ！」この数時間のことを思い出してブリタニアは叫んだ。「考えすぎて、自分の気持ちがわからなくなったのよ！」

「なるほど。それじゃ、そろそろ荷造りして、母にさよならを言ったらどうだい？」

教授がドアを開けたので、ブリタニアは二階に行くしかなかった。

それから三十分後、ブリタニアは、猛スピードでフーク・ファン・ホラントに向けてロールスロイスを走らせている教授の隣に座っていた。まるで悪夢のようだった。混乱した頭で荷造りをして、ミセス・ファン・ティーンに別れの挨拶をしたが、詳しく説明する時間がなかったので、教授との結婚をやめたことと、イギリスの実家まで送ってもらうことだけを手短に伝えた。

教授の母親は厳しい表情になった。「行き違いがあるようね。でも、ヤーケはだれにもなにも言わせないでしょう。ごめんなさい。あなたは息子にぴったりの奥さんになるでしように」

ブリタニアはそのとおりだと思ったが、口にはしなかった。「モートンまで送ると言って聞かないので」

「それは当然よ。無事な旅を祈っているわ、ブリタニア」ミセス・ファン・ティーンは頬にブリタニアのキスを受けると、つけ加えた。「元凶はマデレイネね」

「ええ」ブリタニアは言った。「ヤーケはじきに私のことを忘れるでしょう」

「なにもかも聞く時間がないのが残念だわ。ヤーケはもちろんなにも言わないし」

ブリタニアはドアのノブに手をかけ、沈んだ口調で言った。「彼はマデレイネを愛しているんです」それから、教授が待つ車に向かった。

教授はまだ怒っているはずだったが、それを見せずに軽い会話を続けた。もっとも、ブリタニアがその話題に興味があったわけではない。彼はオランダの支配者について詳しく話しつづけた。ブリタニアは、ウィレム一世から続く歴代のウィレムの説明に〝あら、そう〟とか〝まあ〟とか、うわの空であいづちを打った。フーク・ファン・ホラントに着いたときには、エマ摂政王妃の時代まで進んでいた。フェリーに乗ると、ブリタニアは教授におやすみなさいと言って快適なキャビンに引きあげた。客室係がコーヒーとサンドイッチのトレイを運んできて、明日の朝には紅茶とトーストを用意すると伝えた。

ブリタニアはコーヒーを飲み、サンドイッチをつまんだ。そのあとはほかにすることもなく、服を脱いで狭いベッドに入った。北海に出ると、フェリーはかなり揺れた。しかし、そんなことはどうでもよかった。眠れなかったが、だからといって、まともに考えることもできなかった。

翌朝、ブリタニアは紅茶を飲んでようやく一息ついた。それから服を着て、念入りにメイクをし、ベッドわきのスツールに座った。だが、疲れていたので、なにも考えずにぼうっとしていた。

スピーカーから、車で乗船した客は車に乗るようにという案内が流れたので、ブリタニアはバッグを持ってドアを開けた。教授が廊下の壁に寄りかかっていた。彼は冷たい声で礼儀正しくおはようと言い、彼女のバッグを取って先に歩きだした。

フェリーを降り、ロンドンに向かう道路に入ってから、ようやく教授は口を開いた。

「かなりの揺れだったが、船酔いは大丈夫だったかい?」

「ええ、ありがとう」ブリタニアはそう答えるのが精いっぱいだった。

教授はそんなことにはおかまいなく話しつづけた。コルチェスターで高速道路を下り、ロンドンの北側をまわって、チャートシーでまた高速道路にのった。教授はコーヒーを飲みたいだろうと言って、チョバムの数キロ手前にある〈フォー・シーズンズ〉のレストランの前で車をとめた。

車から出ると、ブリタニアは寒さと空腹と疲労から身を震わせた。だが、コーヒーを飲むと元気が出て、再び車に乗りこんだときには、いくらか楽観的になっていた。しかし、両親になんと言おうかと考えて、また気持ちが沈んだ。二人はきっと未来の義理の息子を歓迎するに違いない。

そんな考えを読み取ったかのように、教授が言った。「もうスピーチは準備したかい? 僕のことは気にしないで、ご両親には君が話したいように話せばいい」

ブリタニアはまばたきして涙を押し戻した。もうすぐ彼に二度と会えなくなるのだ。

「なんて言えばいいかわからないわ」それから、緊張の糸が切れたように急に声をあげた。

「私、どうすればいいの?」

「僕にそれをきくのは筋違いじゃないのかな?」

ブリタニアは黙りこんだ。イブスリーの有名なレストランで昼食をとったときも、ブリタニアには味がわからなかった。教授のリラックスしたようすに合わせようとしてうまくいっていないことを痛いほど自覚していた。昼食がすむとすぐにまた車に戻り、夕暮れが迫るころにようやく実家に着いた。家の窓から温かい明かりがもれている。

「ここよ」ブリタニアが言うと、教授が先に降りて助手席側のドアを開けてくれた。

玄関に出てきた母親が驚いて叫んだ。「まあ、ヤーケも一緒なのね……」ブリタニアの不幸せそうな顔を見て、母親は言葉を切った。「さあ、入って。寒かったでしょう」だが、そこで教授の肩ごしにロールスロイスを見て、言い直す。「あの車なら寒さは関係ないわね、でも、お茶をいれましょう」母親はブリタニアを抱き締め、ヤーケに手を差し出した。「お会いできてうれしいわ。入って夫に会ってちょうだい」

リビングルームで教授と父親が握手をしている間に、ブリタニアはコートを脱いだ。母親の表情からなにかを察した父親は、こういうときに口にする言葉を控え、コートを脱ぐようにと教授に勧めてから、ブリタニアを抱擁した。「帰ってきてうれしいよ、ブリタニア。クリスマスだからかい?」父親はブリタニアの返事を待たなかった。ブリタニアが涙をこらえているのがわかったからだ。父親は教授に座るように言い、紅茶とサンドイッチでもてなしながら、当たりさわりのない話をした。教授は愛想よく相手をしたが、ブリタニアの方を一度も見なかった。

しばらくして教授が言った。「楽しい時間でしたが、もうおいとましないと。夜のフェリーで戻らないといけないので」

ブリタニアは暖炉の上の置き時計を見た。「もう五時よ。間に合わないわ」

教授がブリタニアにほほえみかけた。「賭(かけ)ができないのが残念だね」

教授は三人にそそくさと別れを告げた。ブリタニアがここまで送ってくれたことに礼を言うと、彼はつぶやいた。「僕にはこのくらいしかできないから」

そして、さよならは口にせず、ブリタニアにほほえみかけた。ブリタニアの両親は教授を玄関まで送ったが、ブリタニアは動かなかった。ロールスロイスのエンジンの音がして、すぐに聞こえなくなった。

両親が一緒に部屋に戻ってきたので、ブリタニアは口を開いた。「不思議に思っているでしょうね。結婚したい人と出会ったって言ったのに、こんなことになって。私はすべてうまくいっていると思っていたの。彼にはほかに女性がいたのに、自分が愛されていると思いこんでいたのよ」ブリタニアは母親を見た。「その女性は『ヴォーグ』や『ハーパーズ・バザー』のモデルみたいな美人なの。わかるでしょ」ブリタニアは黙りこんだ。両親はなにも言わずに彼女がまた口を開くのを待った。「彼女はもちろんかんかんに怒って、私を憎んだわ。今でも憎んでいるでしょうね。昨日、彼女は教授の家に来て、彼からもらった手紙を私に見せたの。全部は見なかったけど、すぐにわかったわ……」

「オランダ語の手紙かい？　それとも英語の？」父親が静かに尋ねた。

「オランダ語よ。だって彼女宛ですもの。彼女が訳して私に読んで聞かせたの……」

「彼女宛だったのは確かかい?」

ブリタニアはうなずいた。「英語で言う〝マイ・ダーリン〟で始まっていたわ。それに、彼の筆跡だったし、最後に彼のサインがしてあったもの。封筒の宛名も彼女になっていたし。彼女はとてもつらそうで、作り話とは思えなかった。彼女は私を憎んでいるけれど、私が教授と結婚してから、彼女への愛を知ったら、私がみじめになるって言うの。そして、彼の一時的なのぼせあがりがおさまったら、本当は彼女を愛しているのに私に縛られることで、彼もみじめになるだろうって……」

「彼はあなたをここまで送ってくれたのよ」母親が穏やかに言った。

「彼は自分の義務を果たす人なのよ」ブリタニアは苦々しく言った。

「あなたが結婚しないと言ったとき、ヤーケはどんなふうだったの?」

「そのことについては抗議しなかったわ。ただ猛烈に怒っただけ。彼、癇癪持ちなの」

母親はうなずいた。「でも、どうして彼はそんなに怒ったのかしら。彼がその彼女を愛していたのなら、そして、あなたへの気持ちが一時的なものだとわかっていたら、あなたがそれに気がついたことを喜ぶはずでしょう。だって、あなたに本当のことを告白しなくてすむんだから。違う?」

ブリタニアははなをすすった。「彼はなんでも自分のやり方で進めるのが好きなの。だから、私にどんなふうに打ち明けるかを決めていたんだと思うわ」彼女はティーカップをトレイにのせはじめた。「電話を使ってもいい？　病院に連絡するから。あと一週間働かないといけないの。それからクリスマスに帰ってきて、次の仕事先をさがすわ」

「いいわよ。洗い物はお父さんに手伝ってもらうわ。さあ、電話しなさい」母親はトレイを持ちあげた。「仕事をしても足首は大丈夫なの？」

「ええ、大丈夫だと思うわ。あまり忙しくないところがあるかどうかきいてみようと思って」

病院に電話をかけて相談すると、老人病棟がいいと総看護師長は言った。ちょうどそこの看護師長が病気で仕事を離れているという。だから、できるだけ早く出勤してもらえないかということだった。

一日か二日は実家にいたかったが、明日から出勤すれば、クリスマス前に帰ってこられるので、ブリタニアは明日の午後から勤務につくことにした。賢明な母親はその夜、教授のことには触れずにクリスマスの予定だけを検討し、早めにブリタニアを寝かせた。「お父さんがあなたを送っていくわ。朝食をすませてから出発しても時間は十分あるはずよ」

ブリタニアは部屋に戻ると、小さなスーツケースに荷物を移し替えて、ベッドに入った。そして、教授のことを頭から追い出し、将来について考えるようにした。

セント・ジュード病院の老人病棟は本棟から歩いて五分のところにあった。壁はパステルカラーで、ベッドカバーは明るい色のパッチワークだ。花があちこちに飾られ、座り心地のいい椅子が小さなテーブルのまわりに並べられて、座ることのできる老人たちはそこに座っておしゃべりする。たいていの患者は何カ月も入院していた。ブリタニアは担当の婦人病棟を見て、孤独な一人暮らしよりもここの入院生活のほうがいいかもしれないと思った。確かに独立性はないが、定期的に温かい食事が出るし、仲間もいるし、ある程度の小遣いがあれば、毎週ショップレディがカートにのせてくる品物を買うこともできる。家族が面会に来る患者もいる。

ブリタニアはデスクで患者のカルテを見ていた。昼食時間に病院に着いて、すぐに勤務につけるかときかれたときは少し驚いたが、かまわなかった。なにかしているほうが時間をつぶせるし、仕事が忙しければ疲れて夜も眠れるだろう。ブリタニアは寮の部屋でユニフォームに着替えてコートをはおり、老人病棟に戻った。

その夜、勤務が終わってから、ブリタニアはジョーンに会った。彼女は自分の結婚式の計画で頭がいっぱいだったが、しばらくして尋ねた。「どうして老人病棟なの？　それに、ミセス・フェスケからの手紙には、あなたになにかすてきなニュースがあるって書いてあったけど」彼女はブリタニアの顔を見た。「違っていたみたいね。それについて話したい？」

「いいえ、今は。老人病棟には一週間いるだけで、それからこの病院を辞めるのよ」

「あなた、もしかして……いえ、違うわよね。あの教授なの？」

「ええ。さあ、あなたの結婚式のことを聞かせて」

老人病棟は足首のためにはよかったが、患者の世話は手間がかかった。みんな自分の娘のように思って、あれこれ用事を頼むのだ。それに、薬を持っていったり、治療に連れていったり、寝起きや食事の介助もしなければならない。パートタイムの看護師と手伝いはいたものの、仕事量はかなり多かったので、ブリタニアはそのことに感謝した。忙しければ、夜よく眠れるはずだからだ。しかし最初の二日は、仕事が終わってからわざわざクリスマスの買い物に出かけ、なんとか教授のことを考えないようにしたのに、むだだった。ブリタニアはずっと彼のことを考えていた。ドアを開けるたびに、角を曲がるたびに、そして夜、目をつぶるたびに、彼の姿が見えた。

三日目の朝、ブリタニアは頭痛とむなしさを感じながら出勤した。ほとんど眠れず、食欲もなかった。夜勤の看護師から引き継ぎを受けているときに総看護師長から電話があり、パートタイムの病棟看護師が来られなくなったので残業してくれないかと頼まれた。「そうすれば、半日早く休暇がとれるでしょう」総看護師長が快活な声で言った。「午後の面会時間に一時間休めるし」

それは無理だろうとブリタニアは思った。面会に来る人たちはみんな看護師と話をしたがるし、面会のない患者は寂しくて、看護師にささいな用事を頼むものだ。ブリタニアがかまわないと言うと、総看護師長は電話を切ったが、その寸前、ほっとしたようなため息が聞こえた。

病棟に足を踏み入れたとたん、あまりいい日ではない予感がした。曇った寒い朝で、カラフルな壁にもかかわらず、陰気な空気が病棟にも忍びこんでいた。患者は暖かいベッドから出たがらなかった。ブリタニアは患者を起こすという忍耐のいる仕事に取りかかった。それで午前中のほとんどがつぶれた。幸い回診の日だったので、ドクター・ペインと研修医がやってくると、患者たちはかなり元気になった。ドクター・ペインは引退を間近に控えた優秀な医師だった。ブリタニアは研修期間に講義を受けたことがあるが、ドクター・ペインはいつも看護師に親切だった。今もすぐにブリタニアのことを思い出した。「スミス主任看護師、君は外科病棟の担当だと思っていたが。病気なのかい？　具合が悪そうだ」

「元気です、ドクター・ペイン。少し疲れているだけで。私、もうすぐ退職するんです」

「結婚かい？　美人の看護師は慣れてくると辞めてしまう。その運のいい男性はだれなんだ？」

「だれもいません。ただ環境を変えたいだけです」

ドクター・ペインは彼女を見つめた。「なるほど」そして咳払いをした。「患者さんたちの具合はどうかな？」

ブリタニアは医師にカルテを渡した。回診が始まった。やがて回診が終わると、食事を配る時間になった。そのあと、患者たちは食後の休憩を楽しみ、ブリタニアは薬を配ってまわった。それから、かなり遅くに昼食に行き、冷めたビーフとポテトと人参(にんじん)を食べながら、教授の家で出たおいしい食事を思い出した。食後は看護師同士のおしゃべりが始まったが、話題はもっぱらクリスマスのことで、オランダ旅行のことは二、三きかれただけですんだ。看護師たちはまもなく仕事につき、ブリタニアも老人病棟に戻った。

もちろん、面会時間の一時間は休めなかった。面会人はいつもより少なかったが、患者の要求は引きも切らずにあり、ブリタニアは本棟に紅茶を飲みに戻るのをやめて、自分のオフィスにトレイを運んだ。夕食の時間も本棟には戻らないことにした。おなかがすいていないから、あとで軽くトーストでも食べればいい。病棟はもう静かになっていた。患者たちはみんなベッドに戻ってまどろんでいた。ブリタニアは二人の看護師を食事に行かせた。そして、自分の当直日誌を書きおえてから病棟の見まわりに行き、一人一人の患者におやすみなさいを言った。そこでふと、車椅子に乗っているミセス・ソーンに気がついた。

「怒らないでね」ミセス・ソーンが陽気な声でささやいた。「もう少しここにいようと思ったの。三十分ほどしたら私をベッドまで連れていってくれるって看護師さんが言ったから」彼女はそっと笑った。「でも、あなたに見つかったから戻るわね」

ブリタニアは笑みを押し隠した。ミセス・ソーンは老人病棟にいちばん長くいるので、大目に見られているのだ。「ときどき、なにか違ったことをすると気晴らしになるんでしょうね」

ミセス・ソーンは小柄で、関節炎のために骨が曲がっていた。ブリタニアは彼女をそっと車椅子からベッドに移した。ガウンを脱がせるのに少し時間がかかった。ブリタニアがパッチワークのキルトをかけたとき、だれかが病棟を歩いてきたのに気がついた。教授だった。彼はベッドの足元で立ちどまった。いつものように、優雅で、静かで、自信にあふれている。ミセス・ソーンが子供のような率直さで沈黙を破った。

「あなたはだれ？」彼女は甲高い声で尋ねた。「あなたみたいなハンサムで体格のいい人はここにいたらいけないわ。かわいい女の子と外に出るか、奥さんや子供たちと一緒に暖炉のそばにいないとね」そこで急に笑顔になって、ブリタニアの手を取った。「たぶん、このかわいい主任看護師さんを連れ出しに来たのね？　彼女は本当にかわいい人よ。それに、こんな年寄りばかりのところにいるべきでもないわ……」

教授はブリタニアの方を見ないで、重々しくミセス・ソーンに言った。「ブリタニアがあなたの年齢になったときに、あなたみたいにチャーミングな女性になっているといいと思います。そうです、彼女を連れ出しに来ました。僕には妻も子供もいませんが、彼女がその隙間(すきま)を埋めてくれたらと考えています」

教授の大きな声に、近くのベッドで寝ていた患者の数人が毛布の下から顔を出してうなずき、賛成だと言わんばかりにほほえんだ。

「静かにして」ブリタニアは言った。また教授に会えた喜びで、それまでのつらさとみじめさと疲れはどこかへ吹き飛んでいた。「みんなに聞こえるわ」

教授がブリタニアを見た。ブルーの瞳が輝いている。「それはうれしいな、マイ・ダーリン。君を愛していると僕が言うのを、聞く人が多ければ多いほどいいからね。大きな声で何度も繰り返して、おおぜいの人に聞いてもらえばもらうほど、君は僕が本心から言っていることを信じるようになるだろう」

ブリタニアはまだミセス・ソーンの骨張った手を握っていた。「ヤーケ……その前にマデレイネが言ったことを説明してもらわなくちゃ」

教授はミセス・ソーンのベッドの端に腰を下ろして、長居をするつもりのように脚を伸ばした。「そうだね」まだまわりにはっきりと聞こえるような大きな声だ。「もし君が十分間、その舌を動かさないでいてくれれば、説明できると思うよ」

「ここではだめよ」患者たちが聞き耳を立てているのを察して、ブリタニアは言った。「私、八時までは勤務で、それから夕食をとりに行くから」

教授がまた癇癪を起こして出ていくのではないかと思い、ブリタニアは身を震わせた。だが、そんなに簡単に妥協したくなかった。二人にはまだマデレイネの影がつきまとっているのだ。ちゃんと説明してもらわなくては。

信じられないことに、教授は穏やかに言った。「僕もまだ夕食をとっていない。一緒に食事をしよう」

ここで折れてはいけないと、ブリタニアは彼のやさしいまなざしから目をそらした。

ブリタニアはミセス・ソーンの上掛けを丁寧にかけながら尋ねた。「ずっとこっちにいたの？」気のきかない質問だが、当たりさわりのないふつうの会話をしたかった。

「三時間前にドーヴァーに着いたんだ」

ブリタニアはミセス・ソーンの細い三つ編みについているリボンを結び直した。「そう」

「君がここにいるのは知っていた。家を出る前に君のお母さんに電話をかけて教えてもらったんだ」教授はベッドから立ちあがった。「あとどのくらいで食事に行ける？」

「あと十分。でも、寮に戻って着替えをしないと……」

「外で待ってる」教授はミセス・ソーンと、聞き耳を立てているほかの患者に挨拶をして立ち去った。

ブリタニアはそのうしろ姿を見守り、病棟のドアが彼の背後で静かに閉まるのを見届けながら、夢を見たのだろうかと思った。幸い、ミセス・ソーンがすぐにそれを打ち消してくれた。

「あの人こそ、ハンサムという言葉がふさわしい男性ね。きっとすばらしい夫になるわ」

そうね。ブリタニアは心の中で同意した。彼がマデレイネのことをはっきりさせればだけれど。彼女はミセス・ソーンにおやすみを言い、残りの患者を見てまわって、熱心な質問に答え、夜勤の看護師に日誌を渡しに行った。

夜勤の看護師がブリタニアに向かって叫んだ。「ねえ、ブリタニア！　ロールスロイスが正面玄関の前にとまってて、最高にすてきな男性が乗ってるわ」そして、ブリタニアを見つめて尋ねた。病院内の噂が耳に入っていたのだ。「あの男性があなたの恋人？」

ブリタニアはゆっくりと答えた。「ミセス・トゥイーディ、一番ベッド……そう、私が結婚する相手よ」そんなふうに言うつもりはなかったのに、いざ口に出すと、まさに自分がそうするつもりでいることがわかった。たとえマデレイネの件が解決していなくても。ブリタニアは続けた。「ミセス・スコット、二番ベッド……」

引き継ぎはそれほど長くはかからなかった。ブリタニアはキーを渡して看護師たちにおやすみを言うと、コートを腕にかけ、私物を入れたトートバッグを持って玄関に向かった。メイクや髪を直すのはすっかり忘れていた。とても幸せだったので、てかった鼻も乱れた髪も頭になかった。

教授はロビーにいた。夜はうら寂しい場所だったが、ブリタニアはそれにも気づかなかった。彼女は教授の前で立ちどまり、おずおずと言った。「本棟に行って着替えをしないと」

教授はトートバッグをブリタニアから受け取り、コートをやさしく着せかけた。「いや、その必要はない。僕たちが初めて行った〈ネッズ・カフェ〉に行こう。僕はなかなかロマンチックなことを思いつくだろう?」

「でも、あそこは人がいっぱいで……」

「おおぜいいればいるだけいいんだ。もし必要なら、僕はその前でひざまずく」

ブリタニアは笑いすぎてむせそうになった。「あなたにはできないわ。無理よ」

「できるさ」教授はいきなりブリタニアを抱き締めてキスをした。「これでいい。さあ、行こう」

ロールスロイスは店の前にとめておくには少し場違いに見えた。教授とブリタニアが店内に入ると、数人が首をめぐらして二人を見た。中央に空いているテーブルがあったので、教授は周囲の人にこんばんはと挨拶しながら、そのテーブルに向かった。

ネッドがやってきて、うれしそうに言った。「やあ、ブリタニア。何週間も来なかったね。それに、あなたも」教授に向かって言い添える。「なんにしますか?」教授がベーコンサンドイッチとチーズトーストと紅茶を頼むと、ネッドはさっさと厨房に向かった。

「顔色が悪いね、マイ・ダーリン。目の下に隈ができているし……」

「当然よ! ヤーケ、説明して」

「もちろんさ。さあ、紅茶がきた」

ネッドがまた話しかけてきたので、濃くいれた紅茶をつぐブリタニアの手がいらだたしげに震えた。だが、教授はいらだつどころか、病院のラグビーチームのことでネッドと話が盛りあがった。ネッドが立ち去ると、ブリタニアは怒って言った。「私がこんなに聞きたがっているのに、あなたったらラグビーのことしか話さないんだから！」

「マイ・ダーリン、僕は昔、ラグビーの選手だったんだよ。それに、僕はネッドが好きなんだ。彼は僕たちの守り神みたいなものだからね」

ベーコンサンドイッチが運ばれてすぐにチーズトーストも焼きあがった。ネッドは、店に入ってきた六人の客の注文をとりに行った。教授はサンドイッチをブリタニアに渡し、彼女がほぼ食べおわったころに言った。「なにか言う前に、君にこれを読んでもらいたい」彼はたたまれた手紙をポケットから取り出して、テーブルごしに彼女に渡した。

それがなにかブリタニアはすぐにわかった。「でも、どうして？　マデレイネに書いたものなのに」

教授はいたずらっぽい顔をした。「そうかな？　なあ、ブリタニア、君はぜんぜんわかってない。読んでくれ」

ブリタニアは無言で読んだ。途中で読むのをやめて、教授を見た。彼は椅子の背にもたれて座り、温かいほほえみを浮かべてこちらを見つめている。ブリタニアは読みおえると、もう一度、もっとゆっくりと読んだ。

「英語だわ。私に書いたものだったのね」彼女はささやくように言った。「マデレイネがこれを見つけたんだわ……マリヌスが届けたんじゃなくて」

「そうだ」

「でも、封筒は……彼女が私に見せたのは……」

「もしよく見ていたら、マデレイネが書いたものだとわかっただろう。僕が書いたと思って見たからそう見えたんだ」

ブリタニアは丁寧に手紙をたたんだ。「なんてばかだったのかしら。でも、言ってくればよかったのに。いいえ、もちろん、あなたが言うはずがないわ。私があなたのことを信じていないと思ったんですものね」

「君が僕の弱点についてすばらしい洞察力を持っているのはわかっている。妻として役立つ資質だよ」

ブリタニアは紅茶をついだ。

教授は静かに言った。「結婚してくれるかい、ブリタニア?」

彼女はカップを置いた。「ええ、ヤーケ、もちろんよ。私があなたと結婚したいのは知っているでしょ!」

「特別許可証を持ってきたから、明日、君の実家で結婚できるよ」

ブリタニアは一瞬言葉を失った。このまま実家に直行して、教授と明日の朝結婚することよりもすばらしいことはない。だが、彼女は言った。「でも、できないわ。勤めがあと四日残っているの。荷造りもしないといけないし、それに……」

「その気になればできるさ。僕は全部すませてきた。荷造りがどれだけ大事かわからないが、三十分でどうだい？　君のお母さんが言ってたよ。なにか食べるものを用意しておくって」

「母が？　どうして知っているの？」

「昨日、オランダに帰ってマデレイネがなにをしたか突きとめてから、君のお父さんに電話したんだ」

ブリタニアはサンドイッチを食べた。「どうやって突きとめたの？」

「彼女にきいたんだよ。明日フンデルローに戻るのは無理かな？　あさって診察の予約があってね。でも、そのあとはクリスマスまではなんの予定も入っていないし、家には僕たちだけだ。母はエマのところに行く。クリスマス当日には僕たちもエマの家に行って、一日かそこら過ごすが。新年にはまたみんなが僕の家に来る。君のご両親にも来ていただけたらと思うんだが……」

ブリタニアの目に涙があふれた。「フンデルローに戻りたいわ。あなたのお母様はいいの？」

「母は君が大好きなんだ。みんなそうだよ」教授はほほえんだ。「泣くのかい？　ハンカチがいる？」

ブリタニアはかぶりを振った。「泣かないわ。出発する前に私が会っておかなければならない人はいる？」

「総看護師長は、十時まではオフィスにいると言っていた。君の友達は？」

「だれかの部屋でお茶をしているわ。みんなに会ってから、十分で荷物をまとめるわね」

「それなら、もっとチーズトーストを食べないとね、ダーリン。あと、とびきり濃い紅茶をもう一杯。それから君を連れていく」

いつのまにかカフェはがらんとしていた。ブリタニアがチーズトーストを食べおえたときには、最後の客も帰っていた。ネッドが請求書を持ってきたので、教授はかなりのチップをはずんだ。気がきくネッドはカウンターのうしろの小さなドアから出ていき、二人だけにしてくれた。

「用意はいいかい？」教授がテーブルをまわって、ブリタニアにコートを着せかけた。

ブリタニアは彼を見あげてにっこりした。「急がなくちゃ」

「そうだね、マイ・ダーリン。君の言うとおりだ。ただ、今この瞬間だけはだれにもせかされたくないな」教授はブリタニアを腕に抱いてキスをした。

ブリタニアはもう教授をせかしたりしなかった。

●本書は2007年5月に小社より刊行された作品を文庫化したものです。

プロポーズを夢見て
2024年7月1日発行　第1刷

著　者　ベティ・ニールズ

訳　者　伊坂奈々（いさか　なな）

発行人　鈴木幸辰

発行所　株式会社ハーパーコリンズ・ジャパン
東京都千代田区大手町1-5-1
04-2951-2000（注文）
0570-008091（読者サービス係）

印刷・製本　中央精版印刷株式会社

定価はカバーに表示してあります。
造本には十分注意しておりますが、乱丁（ページ順序の間違い）・落丁（本文の一部抜け落ち）がありました場合は、お取り替えいたします。ご面倒ですが、購入された書店名を明記の上、小社読者サービス係宛ご送付ください。送料小社負担にてお取り替えいたします。ただし、古書店で購入されたものはお取り替えできません。

この書籍の本文は環境対応型の植物油インクを使用して印刷しています。

Printed in Japan © K.K. HarperCollins Japan 2024 ISBN978-4-596-63728-4

7月12日
発売

ハーレクイン・シリーズ 7月20日刊

ハーレクイン・ロマンス
愛の激しさを知る

夫を愛しすぎたウエイトレス　ロージー・マクスウェル／柚野木　菫 訳

一夜の子を隠して花嫁は　ジェニー・ルーカス／上田なつき 訳
《純潔のシンデレラ》

完全なる結婚　ルーシー・モンロー／有沢瞳子 訳
《伝説の名作選》

いとしき悪魔のキス　アニー・ウエスト／槙　由子 訳
《伝説の名作選》

ハーレクイン・イマージュ
ピュアな思いに満たされる

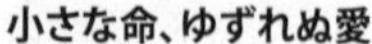

小さな命、ゆずれぬ愛　リンダ・グッドナイト／堺谷ますみ 訳

領主と無垢な恋人　マーガレット・ウェイ／柿原日出子 訳
《至福の名作選》

ハーレクイン・マスターピース
世界に愛された作家たち
～永久不滅の銘作コレクション～

夏の気配　ベティ・ニールズ／宮地　謙 訳
《ベティ・ニールズ・コレクション》

ハーレクイン・プレゼンツ作家シリーズ別冊
魅惑のテーマが光る極上セレクション

涙の手紙　キャロル・モーティマー／小長光弘美 訳

ハーレクイン・スペシャル・アンソロジー
小さな愛のドラマを花束にして…

幸せを呼ぶキューピッド　リン・グレアム他／春野ひろこ他 訳
《スター作家傑作選》